小杨老师和她的大学

坡地手记

何大草 著

北京出版集团
北京十月文艺出版社

图书在版编目(CIP)数据

坡地手记：小杨老师和她的大学 / 何大草著．— 北京：北京十月文艺出版社，2024.4
ISBN 978-7-5302-2359-8

Ⅰ. ①坡… Ⅱ. ①何… Ⅲ. ①长篇小说—中国—当代 Ⅳ. ①I247.5

中国国家版本馆CIP数据核字(2024)第047239号

坡地手记
小杨老师和她的大学
PODI SHOUJI
何大草 著

出　　版	北京出版集团
	北京十月文艺出版社
地　　址	北京北三环中路6号
邮　　编	100120
网　　址	www.bph.com.cn
发　　行	新经典发行有限公司
	电话 010-68423599
经　　销	新华书店
印　　刷	北京盛通印刷股份有限公司
版　　次	2024年4月第1版
印　　次	2024年4月第1次印刷
开　　本	880毫米×1230毫米 1/32
印　　张	8.75
字　　数	125千字
书　　号	ISBN 978-7-5302-2359-8
定　　价	45.00元

如有印装质量问题，由本社负责调换
质量监督电话　010-58572393

版权所有，未经书面许可，不得转载、复制、翻印，违者必究。

日出而作,

日入而息。

凿井而饮,

耕田而食。

———《击壤歌》

目　录

第一章　罗汉坡　1

第二章　老舅爷　10

第三章　小本本　15

第四章　小锁匠　21

第五章　形而下　28

第六章　寻人启事　32

第七章　思念　35

第八章　李香来信　41

第九章　落草　47

第十章　请多关照　54

第十一章　第一堂课　58

第十二章　王桐　*66*

第十三章　双单楼主　*74*

第十四章　惹麻烦　*79*

第十五章　烤苞谷　*84*

第十六章　干咳　*89*

第十七章　紫藤下　*97*

第十八章　云胡不喜　*103*

第十九章　仍怜故乡水　*109*

第二十章　曹雪芹　*116*

第二十一章　小东门　*119*

第二十二章　红泥岗　*130*

第二十三章　美国梦　*136*

第二十四章　火焰　*139*

第二十五章　农舍夜话　*145*

第二十六章　七角亭　*150*

第二十七章　银奶奶的儿子　*155*

第二十八章　下坡进城　*159*

第二十九章　大蒜鲢鱼　*166*

第三十章　朱砂印　*173*

第三十一章　前往龙背山　*179*

第三十二章　农门夜宴　*185*

第三十三章　九回村　*191*

第三十四章　《异乡记》　202

第三十五章　大慈恩寺　207

第三十六章　阿弥陀佛　214

第三十七章　老地方　218

第三十八章　别了　222

第三十九章　腊八　229

第四十章　望夫桥　232

第四十一章　冬雨　237

第四十二章　红旗　241

第四十三章　不要欺负我　248

第四十四章　笑罗汉　251

狮子山路3号　258

第一章　罗汉坡

一

小杨任教的大学,坐落在北郊的一片坡地上。

城里、城郊,空气湿润,无酷暑、酷寒,人人都说,适合过日子。还听说,明年一开春,地铁一号线就开通,到时候更舒服。

舒服，让小杨联想到舒缓。这片坡地就是舒缓起伏的，舒缓到连称之为浅丘都勉强。名字，却很是有古风，罗汉坡。是从前有座罗汉寺，抑或坡上曾遍植罗汉松？没人去深究。说寺庙，没见一片砖瓦。松树是有的，却不是罗汉松。

坡地的尽头，有几个乡场，一座小镇，再过渡二十几公里，地势陡然上升，就连起了龙背山脉。

龙背山，名字有点唬人，其实是一长溜逶迤的丘陵，干巴巴的红土，颇不肥美，是野去处。不过，它能挡一挡冬天南下的寒流，于城市有屏障之功。

教学楼、宿舍、食堂，都是五十年代初盖的，简陋，粗糙，没风格，但吹了几十年风雨，老旧了，散落在树瘤斑斑的杂树林子里，恍恍一看，也是有点名校风范的。前身是相邻的农院和师院合并的，近二十年逐步扩大规模，且又综合化，校名改了两次，各学科都有了，除了不能研发航母与飞船。排名在二本中逐年上升，师生、家长俱各欢喜。

坡上还有块洼地，孤零零立着五间农舍、三亩庄稼田，是当初征地建试验田，因某种原因遗留下来的。学生、农民各按时节过活。上课、读书、毕业、走掉，潮来潮去，这是学生。自古而今，春耕夏耘，一年年老了，又繁衍，这是农民。各自相望，又相安无事。

田里总有当季的菜蔬、麦子、稻子……麦芒青青，稻子抽穗，都是好看的，但路过的人几步路就过去了，也难得多看。

小杨算是例外。她赶了千里之路，上罗汉坡做研究生复试，正看见一蓬蓬油菜花盛开，鸡鸭在田埂溜达，还有猪叫……不觉一惊，继而欢喜。晚上写手记，就称自己误入了武陵源。

农舍门外，挺了一棵高壮的老桂树。主人，小杨还从没见过。有两回，她发了好奇心，走近瞧了瞧，门上都挂着一把大铜锁。

二

坡地上的路，颇像《水浒传》中的盘陀道，弯弯曲曲，在楼前的林中升起,又降落……从教室望出去,食堂是一伸手的距离,走着走着,就可能岔到农民家去了。

小杨读研三年,迷路时不时是有的。毕业论文答辩,前晚没睡好,明晨抓了背包、一盒牛奶就开跑,一口气跑到南校门公交站,突然一跺脚,赶紧又跑回来。答辩已开始了十分钟。

导师对她苦笑道:"你不是迷路,你是迷。"

小杨叹了一口气。在老家,她常半夜醒来上厕所,却进了厨房,把菜刀一把把提起来,左看右看,不晓得该做什么。母亲闻声赶来,叫一声:

"娃儿嘞,你是睡迷了!"

三

罗汉坡的海拔最高点,是五教和图书馆,略呈"L"形,拱出一片小广场。广场中心,矗立着毛主席挥手的石雕像;两排侧柏,一口荷塘,还有一大架紫藤。

向下是一面斜坡,石板路插入二亩菜畦一亩玉米林,消失在农舍的背面。

小杨的课,大多是在五教上。课间休息,分五分钟、二十分钟两种,她要么趴在窗口看风景,要么窝在休息室沙发上打盹。

很少跟人说话。休息嘛,就好生休息,上课是累人的。

她是个小个子,又很瘦,旁人眼里,她的样子很安详。换个角度看,也可能是懒散,没精神。唯有两道眉毛,又黑又浓,像排刷刷上去的,跟她极不相称。

有一天正打瞌睡,有个老师边看晚报副刊,边咕噜:"身无长物,啥意思呢?"没有人回应。他提高点声量,重复道:"身无长物,啥子意思嘛?"

小杨虚开眼,发现所有人(三女二男),相互看看,彼此茫然,一齐把眼睛瞄向她。她很无奈,遂假笑一声,淡定道:

"身无长物,说的就是我这个样子嘛。"

说完,又哈哈了两声!大家面有疑惑,但也都笑了笑,不笑就不自然了。

四

小杨没啥朋友，熟人也不多。熟悉的男人中，却有两个都姓吴，其中一个叫吴佩虎。这很像某个北洋军阀的名字，且已作古多年了。然而不是的。小杨在老家念县中时，吴佩虎是她的同桌，白白胖胖，数理化均好，脾气也好，主动把作业本给她抄，考试时把卷子朝她这边推一推。有个下雨天，吴佩虎脱了校服高举着，护送小杨回家去。路遇几个混混调戏小杨，吴佩虎跟他们理论，被一顿黑打，倒在水洼里，鼻血把雨水都染红了。

小杨的父亲在县中教初三化学。但小杨化学不行，数学、物理也不行，见到数字符号就头晕。多年后，她倒是还背得出金属活动性顺序表：

钾、钙、钠、镁、铝、锰、锌，
铬、铁、钴、镍、锡、铅、氢，
铜、汞、银、铂、金！

因为顺口,像顺口溜,也像一首诗。而其实,小杨既不写诗,读得也少。

吴佩虎考上华中科技大学,念建筑学,后来去了旧金山。同班考上华科的,还有个女生,叫李香,她念的医学院,后来去了达拉斯。

李香一张枣核脸,小眼睛炯炯有神。她说过一句名言,是课间当着许多同学说的:"我凡事都要最好的,不是最好用,就是最好看。"同学们哄然一笑,有人夸她心气高,也有人冷言:"那你还要努力啊。"她也不生气,点头答:"天天都在努力。"

李香做过化学课代表,还来过小杨家一次。一进门就四处看,指着墙上一幅画笑道:"这条鲤鱼值钱哦。"

"又不能当饭吃。"小杨也笑了笑。这是老舅爷送小杨的水墨小品,一尺见方,鱼眼半耷拉着像在打瞌睡。

五

小杨高考落榜。次年再考,上了邻县一所师专,学政教专业。毕了业咬牙又考，好歹进了省城的大学，读研，还是政教学院。

二十六岁再次毕业，留校任教，她给自己买了根红裤带。

生日当晚，窝在单身教师寝室，吃了块小蛋糕，喝了半罐醪糟水。

寝室的边长，各有三米二三，约合一丈，倘名之为方丈，也不算矫情，是写实。当初到房管科领钥匙时，工作人员说，屋子虽小，好处也多，房租只有几十元，上课方便，还可以看凤凰卫视，只有高校才有这个待遇哦。

所幸，她不怎么看电视。不然电视机买回来，放哪儿呢？反倒添麻烦。

她自忖，该有的都有了。二手的翻盖摩托罗拉手机，用了三年也没坏，要换都找不到理由。还有傻瓜照相机，是大姐淘汰给她的。但，联想笔记本电脑是新添的，备课用得上，还能发电子邮件。不过，她也没几封邮件需要发。

还有个带手柄的椭圆形小镜子。她就对镜画了一幅潦草的自画像，聊充二十六周岁纪念照。她脸色一向苍白，但眉毛粗黑，刘海密实，两瓣嘴唇厚嘟嘟的，向前略翘，天生带一点睥睨，但也有点像自嘲。

小杨盯着画，暗骂了一句："猪！初吻，还不如让吴胖子夺走了的好。"

这自然是做梦。

吴佩虎在大洋那边沉默多年，寄了张照片给小杨。他和男友手挽手，背景是旧金山市场街，著名的同志大本营。他钉了耳钉，印尼裔男友胳膊刺了青龙。两人脸上都有加州灼灼的阳光。

"吴胖子，你把我当好兄弟是不是？当初。"她问。

"是好姐妹，一直是。"他答。

小杨把照片钉在墙上，每天瞟到，二分酸酸，八分温暖。

吴佩虎曾得过一笔奖学金，去港大做交换生。途经广州，他在五羊书城给小杨买了凡·高画册、凡·高书信集，一是和她分享，二是作为她短暂学画的纪念。

这两本书，小杨没事就翻翻。她喜欢凡·高的素描甚于油画，喜欢他的书信又甚于素描。何以如此呢？她觉得，该是自己眼光有问题，但也没个人可请教。

第二章　老舅爷

　　小杨的故乡在老川东一座小县城,也可谓川东之东。
　　两山夹一峡,城悬半山,城下即江水,丰水期可以跑大轮船,运煤、载人、川猪出川。街道窄,出门就是石梯子,爬坡上坎。居民不足四千,个个都是熟脸面。杜诗名句"夷歌数处起渔樵","五溪衣服共云山",说的就是这块三省连襟地，苗、土家、回、仡佬、汉诸族杂居，色彩斑驳。

日子是滋润的，四季风平浪静，时间又闲又长。小杨出家门，顺梯坎下到码头，眼前一片大水，对岸是白花花石滩。远山之顶的白鹤宫，闪着白色光点。西晋时，一众道士在宫里修炼，而到隋末，就已然成了废墟。

她忽然想到，一辈子好长，我怕是过不完这一辈子吧？那时她十二岁，刚念六年级。

星期五放了学，就去县文化馆学画画。平日无事，也在画室里闲泡。

老师是吴佩虎的老舅爷，本地才子，年轻时考上了美术学院，在同学中也是翘楚。可叹毕业前被错划为"右派"，开除学籍，弄去了新疆伊犁。二十年后改正，再经了若干耽搁，拖到了还乡，已垂垂老矣。他教授小杨时，眉毛雪白，眼皮塌陷，眼睛都快睁不开了，看人看画都颇模糊。还抽一种自卷的烈性烟，从压瘪的铁盒里拈出烟丝，撕块宣纸或毛边纸，卷得比雪茄还要粗，衔在嘴上，做示范时，烟子熏得泪眼婆娑的，下笔全凭一种感觉。好在他教国画，又是大写意，有感觉就很好。

小杨喜欢他身上的烟草味道，暖意融融的。

老舅爷画了一幅桃花大写意，问小杨："好不好？"

小杨说，好啊，好啊，就像仙女呢。

他摇头。"像仙女？那还不如画仙女。画桃花，就要像桃花，工笔也好，写意也好。否则就是欺人了。"

他又画了条船，一个蓑衣斗笠的渔翁，然后让小杨画渔老鸹，船头、水中、竹篙上，多画些，十只、二十只都行。

小杨画完，老舅爷又摇头。"娃娃哦，你的渔老鸹，只只都太相同了。莫说渔老鸹，就是树子上的叶子、屋顶上的瓦，每片都是不同的，各有各的命。懂不懂？"

小杨点点头，懂了一小半。

小杨跟老舅爷学画四年零一个月，没误过一回课。也临碑，开手《曹全碑》，其后是《张黑女》《好大王》《爨宝子》《石门颂》等。

老舅爷的字，多源自《石门颂》。他说，《石门颂》是隶书中的草书。隶书庄严，草书放逸，隶而草，凭这一点，就很不简单哦。

他的字，格已经很高了，可还常挑《石门颂》里的"顺"字临。他喜欢顺。别人求字，他大多写顺路、顺道、顺生、顺手。他也会点儿中医，有人求诊，他总开顺气之药。他说，人生病，是身体不通顺。通顺了，一通百通，就通透了。

他还念叨过，白鹤宫有一块残碑，字怪，有天趣。念美院时，暑假回来，他徒步一天，去了白鹤宫写生。曾发过愿，要给残碑拓几张拓片。而今他风烛残年，这个愿，今生也只是一个愿罢了。

白鹤宫对于小杨，太远了。她喜欢的，是眼前之物。她也很喜欢《石门颂》，但临了一年多，没坚持下去。前后换过的碑、帖，该有十二三种。老舅爷随便她，也摇过几回头，笑叹："娃儿嘞，没得耐性哦。"

这倒是真的。她虽不缺课，但也只求好耍而已，从未起过念做画家、书法家。是偶然和吴佩虎去老舅爷画室耍了一回，就开始画了起来。父母随她的意，混时间嘛，小县城没啥好混的,除了搓麻将。

老舅爷的画室里,有一排书架,画册少,古书多,诗、词、曲、剧、小说、日记、笔记、书信集,驳杂得很。她间或抽一本下来翻,翻着,困意涌上来,就趴在桌上睡着了。

老舅爷突然脑溢血去世,小杨也就洗干净砚和笔,收手了。

第三章 小本本

一

小杨的功课,不出色。课堂朗读、发言她会紧张,演讲更是要她的命。父母认命,叹息,说她天生就出不得色。

她能从师专考到省城去读研,是动力太大了,实在害怕当老师。

她曾问过老舅爷,美术学院有多远?

"远哦,远哦……一天坐船,一天坐汽车。"

后来她去省城,取道重庆,一天坐船,一天坐汽车,还须坐一夜火车。

二

老舅爷要求小杨每天都画,见啥画啥。放学穿过农贸市场,就画了葱葱、蒜苗,几颗蘑菇。去乡下,在堂屋旮旯扫巡几分钟,就画了猫妈和一窝猫宝贝。老舅爷说她画得好,但还不够好。要画得像,但不能像照片。她再画猫,就把猫画成了虎。明晨临出门上学,又动了几笔,把虎画成了虎枕头。晚上睡觉前,添了个光屁股娃娃睡在虎枕上,打呼噜、流清口水。这就是瞎编的了,家里并没有小娃,她就是最小的。大姐大她八岁,刚谈对象。二姐大她一岁,谈对象还没资格。生孩子?连影子都没有。

后来老舅爷去世了,她就把看到的,用文字写在小本本上。也写想到的、回忆的，写得很细致。读这些字，就像看见一幅画，比画还要细，也比画还连贯，可以延续讲清一件事，比如，老舅爷是怎么给自己上的第一课，再比如，街邻洗半仙是如何给人算命的。

写到上高二，已写满了一堆小本本。语文老师听说了，让带了一本给她看。看了之后，摇头说，不好，缺少文采。

小杨就请教，那咋个才有文采呢？

老师说，要有灵感。

那咋个才有灵感呢？

要有激情。你有激情吗？

小杨暗暗叹口气。

她回家把小本本抱到屋外，一把火全烧了。再没有写过。

进了师专，却又捡了起来，新买了小本本，间或写上几句话，或者一大段。

师专的前身，是一所中师。校园虽小，却有一口漂亮的荷塘，半月形。校史上说，校址乃是旧时的文庙，荷塘即泮池，是很有渊源的。入了夏，荷叶肥大，粉莲肥腻，风一吹，清香扑鼻。塘边早晚都是人，读书的、谈恋爱的，还有退休老师吃了夜饭在这儿消饱胀。

小杨逛过一回荷塘，嫌闹，不来了。她除了上课，上食堂，都窝在寝室里。寝室狭小，但平时就她一个人，倒显得空旷且又富足了。

她不是个很爱读书的人。独在寝室，多数时候也无聊，没人说话。即便同屋的回来了，彼此也少谈。谈不拢。她倒不觉得人家浅、俗、讨厌，她是讨厌自己。提不起神，落落寡合的女孩子，谁会喜欢呢？自己也不喜欢吧，可这正是她眼里的自己。

有话非说不可，她就写在了小本本里。或者，是某个涌上心坎的念头，记忆中浮现的片段，或者是能让她停留几分钟的芝麻小事，也写成了文字。反正，时间多的是。

这些小本本，她归之为手记。不是日记，也不是周记，譬如今天写了三千字，可能之后五六天都写不了三个字。

某一天，她也的确只写了三个字：拼命吃。

三

十九岁那年,小杨突然胃口大开。早饭两个肉包子,午饭两荤两素,晚饭之后,八点钟还要溜出去吃碗肥肠米线。脸上的肉和脂肪不断堆积,快撑破脸皮了。脸皮油汪汪的,走几步,汗豆豆就挂满了额头、鼻尖、嘴唇团转,矮矮胖胖,像年画上的乖宝,谁见谁欢喜,舍不得不多看她两眼。

寒假回家,大姐、二姐吃惊得大叫!她倒还淡定,说:"婴儿肥嘛,我发育晚了些。对不对,妈?"母亲咋忍心说不对。

这些,也都写在了小本本上。

过了二十岁生日,个子没长高,却一路瘦下去,差点皮包骨。年轻人由胖而瘦的原因,一般有两种:一是抽条了,人往高处长;一是心情恶劣,胃口差,吃得少。她寒假再回家,大姐、二姐又吃了一惊,问:"遇到啥子事情了?遇到事情要想得开哦。"她笑笑,说:"我瘦,就是想开了。"

她的确是想开了，人没长高，心长高了，正在为考研究生，苦熬自己的油。这些，自然也记在了小本本里。

小本本比巴掌稍大，是硬纸壳封面的，内页略略泛黄，笔尖走在纸上，十分自如。这样的本本，她写满了至少七八个。

有顿午餐，睡上铺的女生恰好坐在对面，笑眯眯问小杨："你是不是在写小说？看不出来哦！我只瞄了一小页。"女生是个"张迷"，能背诵《私语》《对照记》。

小杨吓了一跳，但嘴里包满红烧肉，只能使劲摇头，并发出唔唔的辩白。

那女生又笑道："过分谦虚就等于骄傲了……"幸好旁边有人招呼她，她端起餐盘就走了。

小杨把小本本从枕下取出，放入抽屉，锁了起来。

她也明白了，上铺误认为是小说的原因，是她用第三人称写手记，但凡写到"我"，都写成了"小杨"。这样，她就和"小杨"保持了一小段距离，可以像看旁人一样看待自己了。下笔时，也就客观了一些，温度始终是低的。

第四章　小锁匠

一

周六,校园冷清,寝室照例是小杨一个人。她午饭后打了个盹,想写手记,发现钥匙丢了,开不了抽屉。

小杨自小就怕丢钥匙,念小学挂在脖子上,念中学挂在皮带上，上了师专，自忖是个大人了，就放在口袋里。钥匙三把，一把抽屉，一把寝室门，一把家门，穿成一串，还加了个小铃铛。小铃铛不为好看，是叮当一响，提醒自己要小心。

千小心，万小心，还是丢了。找遍了寝室的旮旯，影子也没有。

食堂背后有半条商业街，挤着文具店、打印店、小电器修理店，以及水吧和书店。还有几个修锁配钥匙的小摊摊。修锁匠多为壮汉、健妇，生意冷清，就挺胸腆肚，笑谈些偷人、放蛊、搓麻将、中彩票的大好事，哈哈笑声之响亮，过路人都要躲远些。

唯有一个小锁匠很安静，小平头，五官清秀，像是周末打工的学生，正专注翻一本旧书。小杨跟他说了自己的情况，他说："没得问题。"声音温和，也颇为自信。

他跟小杨去了寝室，拿一根五六寸长的软针，插进门上锁眼，一抖，门开了。再插进抽屉锁，一抖，抽屉也开了。

小杨吃了一惊。"你当小偷就太厉害了。"话一出口，觉得不妥，赶紧补充一句，"我开玩笑的。"

他一点没生气,还嘿嘿笑了笑。"这种玩笑话,我听过好多了。"

小杨松了口气。又问他是不是在校生打工。

他说不是,但他有个弟弟在师专念中文专业,明年就该毕业了。说着,他瞟了瞟小杨的桌子和小床,轻声赞道:"妹儿好爱整洁哦。"

小杨给他倒了一杯水。

他自我介绍叫蒋贤,弟弟叫蒋喆。"蒋喆从小聪明,做事有毅力。哪天你们认识一下嘛,一定谈得来。"

小杨没说啥,但回了一笑。

二

次日吃过早餐,小杨借了同屋女生的寝室钥匙,去找蒋贤配一把。蒋贤指了下身边的年轻人:"我弟弟蒋喆。"

不介绍也能看出来,两人长相一模一样。不过,小杨也能一眼分辨出他俩的不同,蒋贤眼睛、嘴角带笑意,蒋喆则阴沉着一张脸,且头发长多了,不过,梳理得很清爽。

"你帮小杨同学配钥匙，我要去给几个老师换新锁。"蒋贤说完，笑笑，匆匆走了。

蒋喆的动作，也跟他哥一样利索，片刻就把钥匙配好了。小杨掏出钱包付钱时，他手一挡。"不必了。"

"付钱是应该的啊。"

"我哥说，你昨天已经付过了。"

"昨天？才两元钱。"

"两元钱，也是钱。"

蒋喆的口气，冷冷的。好吧，小杨自忖，我领了你这个情。她接过钥匙，瞟了眼摊子上，还摆着昨天那本书，《三国演义》。

"你很喜欢文学吧？"

"不喜欢。"

"那，咋个念了中文专业呢？"

他咬了咬牙巴，顿了一会儿，还是说了："只有这个命。"

"也不喜欢当老师？我也不喜欢。"

"我喜欢。"

"喜欢当语文老师,又不喜欢文学,这个……怎么理解呢？"

"两回事。"

小杨指了一下书,"小说还是喜欢读的吧？"

"是我哥的书。他就爱读些没用的东西,《三国》《红楼》,还读琼瑶……幼稚。"

"你毕竟是念中文的,《红楼梦》该还是看过的？"

"不看。尽写些吃饱了闲得慌的人。"

小杨一惊,继而一笑。

蒋喆很是不满。"我说的,好笑吗？"

小杨诚恳道:"抱歉,我是自嘲,我也是一个闲人。"

蒋喆哼了一声。"贾宝玉是富贵闲人。你富贵吗？穷人,没资格当闲人。对不对？"

小杨瞪了他一眼。

"抱歉,我的话重了点,但说的是实话。"他把右手摊开,又握了起来。他手型好看,五指匀称,但掌纹有点黑,像沾了机油,也可能是墨水。"活踏实一点吧。"

"踏实？"

"埋头,苦干。"

小杨默然片刻,把话绕回到小说,"那,你从不看小说?"

"我只看路遥。他的小说,我都看过。"

小杨不知路遥是谁,就假笑了一下,道声谢谢,告辞了。"改天再找你请教路遥。"

"我忙得很。"

小杨不悦,偏偏问道:"周末也忙?"

"周末更忙。从早到晚,都在做家教,不歇气。"

"那你今天?"

"我哥说他今天事多,让我顶他一阵子。"说着,伸长脖子向远处看,眉心皱出个小疙瘩。

小杨的脸轻微红了一下。

她没回寝室,去水吧点了杯不加糖的柠檬水。水吧里尽是成对的恋人,成群的闺密,就她是单独占了张小桌。不过,这没什么,她早已习惯了。坐在这儿,她要回味的,是一点郁闷。不过,这郁闷也很快飘走了。

为啥蒋喆让我不舒服？是他贬低了《红楼梦》？应该不是吧，我也没读完四大名著啊，只在老舅爷的画室，各翻了三五回。

可，蒋喆哪点让我不舒服呢？喝完水，还没想明白，就懒得多想了。她摸出一元钱一支的签字笔，在纸杯上画了条打盹的小鲫鱼，暗笑，又当了一上午闲人。

第五章　形而下

小杨自忖是个自闭者,不过,也还不是很抑郁。

她小时候喜欢咬指甲,缺缺牙牙的,难看死了。母亲就天天给她剪,让她没处下嘴。现在不咬了,倒爱上了留指甲,还对自己说,个子矮小,但十指尖尖,看着也是舒服的。

阳光投进窗户时,她把手张开贴在玻璃上,长指甲被映射得尖锐又温和,半透明如鲜蛋壳。

到省城读研后,跟寝室女生相处,虽非深交,和谐是没问题的。不过,她还是老习惯,喜欢独守空房。

周日,她去过一次省美术馆,看陈子庄画展。老舅爷几次提到陈子庄,说他的画清、奇、古、瘦,很不简单,可惜死早了,倘能再画二十年,不在黄宾虹之下。

陈子庄画展的招贴,夹了张在图书馆外的橱窗里。上边印了画和字,她都喜欢。还有一行宣传语:中国的凡·高。

展厅里的观众,不算多不算少,有出有进,有的人频频点头,有的人叹气摇头。她不明白,他们这是为什么?

陈子庄生前穷得很,画没人买。他的画,好多画在巴掌大的纸飞飞上。然而,画得多好啊。小杨一边在心里评点,一边用指头在掌心描摹,觉得过瘾。

回了寝室,她翻出吴佩虎送的凡·高画册、书信集,又欣赏了一会儿。她觉得,自己还是更喜欢他写的信,他的信也是画,不是油画、素描,是木刻。

譬如这一段:

今天早晨来了一个人，他在三个星期以前曾经替我修理过一盏灯，并且勉强买下过我的一个陶器。他来吵了一架，因为我刚刚还了他邻人的债而没有还他的债。跟着来的是难以避免的吵闹与谩骂。我对他说，我一收到钱之后马上就还他的债，可是我现在没有一文钱。我求他离开我的房间，最后我把他推到门外，他或许已经料到了这一着，用脖子把我撞到墙上，后来我就直挺挺地摔在地板上了。

凡·高好惨，然而小杨读笑了。文字好简，却又好细，似乎可听到凡·高摔倒的一声响！那是被他省略的自嘲啊。

他的书信，实在比课本上很多经典散文强。

她偶尔冲动，想找个人聊一聊。下次去导师家请教论文选题，不觉间就感慨了几句凡·高、陈子庄。

导师是个慈祥的老奶奶（退休又返聘），满头银发，高兴了，还会拍小杨的脑袋。小杨心里暗叫她银奶奶。银奶奶说，小杨是她的关门弟子。等小杨毕业，她就全退，颐养天年了。

银奶奶的丈夫去世多年,留下一儿一女。儿子远在深圳做证券业。女儿就在本城,是医院护士长,隔周回母亲家吃顿饭,小杨遇见过一回,是个爽朗的大姐。

银奶奶听了小杨的话,沉吟半晌,温言(而又严肃)道:"大众哲学,虽然大众,但重点是哲学。唱歌、跳舞、画画,也不能说不高雅,但毕竟还是形而下。你读研不容易,要懂得珍惜机会啊。"小杨自知失言,遂微笑点头。银奶奶送了她一个论文题目,论艾思奇。

第六章　寻人启事

一

读研三年，小杨没花过父母一分钱。

她寻着报纸中缝的小广告，去城里应聘了几家儿童美术班。每家给的回复，都是："可以，你来嘛。"她挑了家薪水最高的，盘算一番，觉得学费和吃喝已足够，就打电话过去，请求只教周六，周日要休息、清养。

"清养？"话筒那边重复了一声，似乎很有点不解，但还是允了。老板是少年宫提前退休的大叔，他后来跟小杨说，她没脾气、不任性，这是好的。但她毛笔字不规范，而水墨画却又有童趣，画的桃子、猴子、虾子适宜四五岁儿童，也激发家长的兴趣，感觉自己也可以来几笔。

小杨听得头晕，一笑，无异议，照单全收了。

某天，一个女生晾的长裙被风吹走了，遍寻无着，就写了张寻物启事。小杨见空白甚多，就抹过来，随手把裙子画了上去。那女生大叫："真是我的裙子嘞！"小杨瞟她两眼，又把她的脸补在了裙子上边。"成寻人启事了！"满屋女生都乐了，嚷着要她也给自己画。

小杨一一画完，又被要求签名。她想了想，就签了："小楊。"繁体字。

她们不干，说咋不签全名呢？小杨比阿猫阿狗还要多。

小杨累了，概不回答。

二

　　小杨的全名，叫杨琼枝。是父亲请族里百岁老辈子给取的，翻了《康熙字典》《古文观止》才得了这两个字。小杨不喜欢，但也无所谓，没想过去派出所改一改。

　　后来，找她画头像的人多了，一律也都签：小楊。

　　有男生故意念出声：小、木、易！独一无二啊。

　　小杨心头一亮，也笑了。就去校内商业街文具店，挑了块坚硬、有弹性的橡皮擦，用水果刀刻了三个阴文：

小

木

易

但凡需要签名时，就啪一下盖上去。写字都省了。

第七章　思念

一

同寝室四个女孩子。这么说，也不够很准确，其中一个已四十岁出头，是一家银行的工会办公室副主任，在职读研，出一份钱占一个铺，但只来睡过两晚上。"跟老公吵架了，吓吓他！"坦言爱好麻将，每周搓一回通宵，输赢不惊。三个人都喜欢她，可惜来得太少了。

另两个女孩本科即是本校的，且同班又同寝室，常咬着耳朵结伴而行，虽然也向小杨表示："你也来嘛！"小杨识趣，微笑致谢，自然是不去。倒也不落寞，习惯了没人问长问短，清净得好。

有一晚快睡了，两个女孩突然尖叫："完了完了！我爸要把我打死了！"吓得小杨浑身发抖，不知她俩惹了啥子祸。结果是，今天父亲节，忘发短信祝福了。

小杨惭愧地喘口气，垂下头，她根本就晓不得还有父亲节。

小杨自小在女人堆长大，除了母亲、两个姐姐，还有外婆、姑婆、舅婆，好几个姨妈、姑妈、舅妈。父亲是县中的老师，教课是很有一套的，学生、家长都敬他，每年评"名师""劳模"却总没他的份。他在讲台上，口若悬河，出了教室，就寡言寡语。小杨记不得父亲给自己说过啥话了，印象深的，是他回家先洗干净两手粉笔灰。晚饭时，咂两口老酒，看着老婆、女儿们时，嘴角的微笑是十分富足、慈祥的。

但有天回家，父亲不仅没笑，连饭也没吃，就倒在床上睡了。自然没睡着，闷闷、难过而已。后来母亲说，父亲早该评高级教师了，但校长这回又暗示，要他把名额让给局长的小舅子。还说，你是个老实人，老实人最终不吃亏。父亲也暗示，我要是不让呢？校长笑道：收发室还缺个老实人，你想不想去嘛？

小杨听了，比父亲还难过，一颗眼泪掉进肚子里，却万般无奈，只能陪母亲沉默着。那时候，她还是小学生。

那两位女生的父亲，听她们说起来，则是大为不同的。

一位的父亲，从小就很淘气，上树掏鸟蛋，下河捉龟鳖，也打架，还捅刀子，但善良、正义，念初中时，有小流氓白拿小贩的甘蔗不给钱，他就抓起甘蔗，打得他们跪地告饶。第二天，就收到很多女生的字条，好肉麻。当然，这都是从前的事情了，如今他只爱她母亲一个人，工作也出色，没有摆不平的事。

另一位的父亲，则从小就是三好生，数学尖子，初中获过全校竞赛第三名，乡长颁的奖。但他放弃了高考，不想当迂夫子，就走了自创企业的路子。如今嘛？她父亲很低调，她就不敢多说了。

小杨称奇不已。

过几天，银行的老大姐来上课，小杨问她父亲是个什么样的人？

老大姐说："我父亲嘛，高知，享受正厅级待遇，算是一般吧……但我爷爷很可以，解放前重庆一半的房子都是他名下的，人称陈半城。"

小杨扑哧就笑了。老大姐不高兴。"以为我吹牛啊？"

"不是不是……是我觉得陈半城语感太好了，对称、均衡，就像卡夫卡、彼得彼。"

"彼得彼是谁？"

"一个童话作家啊，北欧的！"小杨晓得自己笑错了，赶紧胡诌。

老大姐松了一口气。

小杨是想起了老家的街邻冼半仙，开了个不挂牌的小店，做按摩、捏脚、针灸、美眉、美甲，顺带看相、算命。高考前，小杨拿了零花钱请冼半仙算了一命，结论是：小吉。录取通知书到手，却是个师专。小杨上门找冼半仙还钱，冼半仙说，小吉就是小劫。过了小吉，日后就是大吉了。

"你还咒我遭大劫啊？"

冼半仙说，然而不然。小吉虽是小劫，大吉却是大利了……耐点心，观音还没成佛呢，菩萨道长得很。

小杨听得哑口无言。

冼半仙又笑道，你眉毛也太浓了，黑得吓死人，哪个男娃儿敢喜欢你？我给你剪细些，不收钱。

"不喜欢就算了。"小杨终于回了一句话。

二

小杨自忖，交过的朋友，信得过的，除了吴佩虎，再没别人了。

老舅爷死后一年，吴佩虎说小杨，不画画可惜了。小杨说，画啥呢？他说，就画那扇窗子嘛。窗外还有一棵树。树上还有个鸟窝。鸟窝里有三只鸟。鸟肚子里各有三条鱼……这在数学上是有个定理的,以一而致万。

小杨听到数学就头痛,更懒得拿画笔。

读研的时候,小杨常对着窗子走神。罗汉坡上树子多得是,却从没出现过吴胖子描述的情景。她忽然想起老舅爷,眼睛慢慢就湿了。

从画了"寻人启事"后,她闲了就在纸上画几笔,也会画在小本本上,成了手记的插图。

有个周末,同屋女生照例都去逛街、约会了,小杨在纸上把窗户画出来,还有窗外的树,鸟窝,三只鸟正在吞吃三条鱼。鱼肚里有什么?沙。恒河沙数,以一致无穷。

画完,又题写了一句:献给我的老师。

还有很多空白,她也都写满了字,是老舅爷说过的话。还有对他的回忆。写不下了,随手摸到一个课堂笔记本,就接着写。从背面朝前写,像老舅爷写字,从上写到下,从右写到左。写到夜深,又写到快天亮,和前边寥寥几页课堂笔记连上了。她把笔一松,趴在桌上就睡着了……梦中闻到了暖融融的纸烟味。

第八章　李香来信

一

研二期末,天气溽热。小杨挥汗啃读艾思奇,连手记也只写了寥寥几个字,却收到了一封李香从美国发来的邮件。

高中毕业后，两人之间就再没联系过。李香说，她是从吴佩虎那儿得到联系方式的。很久不见，一联系就有事要麻烦她，很不好意思，但也相当无奈，自己遇到了难题，只有小杨能提供帮助了。

我能帮助她？小杨很好奇。邮件很长，她耐心读完了，很是吃惊，也很生气，差点拍桌子。

李香说，她在美国发展顺利，男友却陷在国内，办签证多次被拒，理由是移民倾向太严重。男友叫周仓，目前跟小杨同城，在南郊一所医科大学任讲师。听说已婚男人办签证，要顺利得多，而小杨重情义，能否帮个忙？跟周仓悄悄办个假结婚，他出去后，再通过略为复杂的渠道，办个真离婚。

写到这儿，李香说：我的请求很没有道理，如果不方便帮忙，就算了。不过，就理论上讲，对你并没有损失。你倘施以援手，我们会铭记、感恩一辈子。

过了两天，小杨才缓过气。给吴佩虎发了封邮件，把李香的邮件转给他，末尾加了两句话："她有点过分。你说我该怎么办？"

吴佩虎因为时差，也可能是跟李香沟通，反正也拖了两天才回复："此事荒唐，你完全可以拒绝，无须任何理由。倘若发一点慈悲心，要帮忙，我也是支持的。"

小杨苦笑，心里骂吴胖子，全说些废话。

二

周仓按小杨短信上的约定，上了罗汉坡找她，时间在第四节课后。

小杨见到周仓，吃了一惊。周仓长相之漂亮，就像电影明星，且身高至少一米八五、八六，五官有棱有角，一双大眼水汪汪的。岂止漂亮，简直是美男。

小杨请周仓在桑园食堂吃便餐。食堂里闹哄哄的，两个人找不到话说，就埋头认真、仔细地吃饭，吃得餐盘干干净净。周仓把小杨的餐盘一块儿收了，端到回收的案板上。

出了食堂，噪声瞬间全无，虽吹着热风，小杨却觉得脑子终于清醒了。

他俩就在盘陀道上，挑林荫随便走一走。周仓的身材，矫健、颀长，小杨跟他并肩而行，头顶离他的肩膀还差了十公分。

路上经过的学生、老师、勤杂工，都朝他俩看，还回头看。每个人眼里都发着光。

但，他俩依然无话。其实也有话说，但小杨不想开口。

不知不觉，走到了洼地的农舍前。玉米林正蓬勃，绿油油，铮亮。玉米秆上，斜挂着玉米棒，个个饱满到快要炸开了。

"杨老师，你就没话问我吗？"到底是周仓先开了口。

小杨莞尔一笑。事后自忖，这一笑真是难得啊。"周老师，你在医大，是教五官科还是外科呢？"

"我教篮球。"周仓声音小，然而很清晰。

"……"小杨迟疑了一下，小声回应了一句，"篮球好。"又补充了一句，"我一点也不懂篮球。"

周仓停住脚。小杨瞟了他一眼，他俊美的脸膛渐渐涨红了。

"我晓得我们的请求很没有道理，虽然对你并无伤害……可，还是很没有道理，就当我们没有说过吧。"他的大眼水汪汪的，不是水，是泪。泪水流了下来，有的滑入嘴角，有的滴在了地上。小杨简直受不了。

三

两天之后，去了民政局。出来时，周仓突然弯腰把小杨搂在怀里。小杨猝不及防，他身子有股热烘烘、好闻的男人味，她一下子就软了。周仓喃喃说："你真好。"用嘴堵住她的嘴。只一秒，可能还要短，她双手猛一用力，把他推开了。

她听到他在身后叫她，声音不算大，但叫了好几声："杨老师……""小杨……""琼枝……"但她一次也没有回头。

到了十字街口，她停下来等了十几秒红灯，随后就走过了大街。

红色结婚证在小杨枕下放了几个月，之后，就换成了绿色离婚证。她本想扔了的,后来还是没有扔。她一时有点儿发怔,离婚证的绿,和李香、周仓的绿卡,都是同一种绿色吧?只不过,一个是尽头,一个是起点。

这之后,李香却再也没有联系过小杨了。没有道谢,没有邮件,也没有卡片,就当小杨已死了。

第九章 落草

一

研三开学,正逢全国大学生征文比赛。小杨把回忆老舅爷的文字誊抄出来,又添了些老街、梯坎、水码头的描写,整理为五千七百字,投了出去。

评审会主席的父亲，跟老舅爷颇有相似的经历，才子、右派、劳改、发配边疆……主席边读小杨的文章，边唏嘘流泪。榜放出来，小杨高高地中了，是一等奖，且排在榜首，奖金一万元。

许多报纸都报道了此事。省报还把稿子拿去，在副刊登了一整版，且配了小杨的简历、个人照。

电视台的人在教室门口截住她，问了个奇怪的问题：

"学政教专业，对你写作有所帮助吗？"

很多人围观，其中颇有些政教学院的师生，又被镜头和话筒直逼着，她低了头，不吭声。

记者不依不饶，追问："有所帮助吗？"

她很无奈，只得认错似的点了点头。

"那这个帮助，在写作中体现为什么？"

"实事求是。"小杨挤出人群，小跑着溜掉了。

当晚节目播出，成了罗汉坡上一大笑谈。

二

文学院的老院长约小杨去谈一谈。

小杨很惊讶,想他约错了人。她跟文学院素无往来,连门都摸不到。

老院长复姓欧阳,和气、面善,像个富态的乡绅,然而颇有学问,出版过研究王维的专著,是个专家,且以惜才广为人知。

办公室墙上,挂了一幅狂草,笔力矫健、纵逸:"纷纷射杀五单于。"

小杨看了落款,识得是院长手书的一句王维的诗。还盖了枚闲章:磨剑犁田。她心里就暗忖,这个院长,很不简单。

对于王维,小杨略知一二。老舅爷的画室里,也钉过一张王维诗意画,题为"人闲桂花落"。花下坐了个干瘪老头子,弱不禁风,这自然就是王维了。

没料到,他还写过这么杀气腾腾的诗。

老院长看小杨盯着墙上出神,就随口问:"你也喜欢王维啊?"

小杨赶紧摇头。"他的诗,我只读过四五首……四五首都不到。"

老院长笑笑,把王维抛到了一边。"工作已有着落了吧?"

小杨赶紧又摇头。"同屋的同学都有了去处,就我还没有……无处下手。"

院长用安慰的口气说:"高中是很缺政治老师的,你是硕士,又是科班,去了准行。"

小杨叹了口气。"我不敢。念高中时,我站起来朗读课文,腿都要打闪闪……"

院长哈哈大笑,还猛拍了下办公桌。

小杨害怕说错了啥,赶紧闭嘴。

院长笑道:"我是听你说打闪闪,没忍住。还是方言好,可惜好多人说不来方言啰。"

小杨将信将疑,便做出一丝假笑。

院长话锋一转:"留校教大学如何?"

小杨蒙了。

"今年有两个教写作的老师退休了。要补上不难,但我想进一个会写作的年轻人。你来吧。"

"可是……我也不会写作啊!"她心里抗议,可机会太难得,只好鼓足勇气,满脸通红地点了点头。

"你好好写吧,多写点。年轻时候,我也想当个作家呢。"院长转动着椅子,像是在缅怀往事。

"可我并不想当作家啊……"小杨嗫嚅着,终于没敢说出口。

小杨跟文学院签了合同。院聘,先签半年,算是试用。试用期满,倘双方满意,再一年一签。

过了一个月,老院长就退休了。他说,这是他做的最后一件有争议的事。

三

整个暑期小杨都在备课。

头一堂课,是在九月第一个周四的下午。

周一起，她就开始失眠。吃了安定，还是睡不着，且白天头晕，没精打采。而一到了黄昏，却又兴奋起来，毫无倦意。

为了让自己疲劳，她就出门去跑步。穿了白T恤、橘红色跑鞋，在暮光苍苍的盘陀道上，跑到天色黑尽。她不喜欢大操场，人太多了。有很多人是去操场溜达的，趿着拖鞋、牵着狗，熊孩子乱喊、乱窜。

她不算爱运动，但都说跑步能缓解焦虑，那就跑吧。母亲和姐姐都说她穿得太素了，买跑鞋时，她就专门挑了一双橘红的。这是她周身最鲜艳的两小点。

上次丢过钥匙后，钥匙串又系到了裤袋上。仍加了一颗小铃铛，边跑，边发出轻微、清冽的叮当声。

第二遍跑到图书馆时，汗水湿透了T恤，大口喘息，有点气急败坏了。歇了吧？她略一犹豫，呼的一响，一个人挟着风，超过她，驰进了夜色。她像被激了一下，脚下加力，追了上去。

那人身形瘦长，紧绷绷的黑色运动装、黑跑鞋，头上却戴了顶白色绒线帽。他跑得不算快，不疾不徐，小杨却怎么也赶不上。好在跟着他的节奏，自己的呼吸也逐渐均匀了，力量也有了源源不绝的感觉。第五遍跑到图书馆，那人终于慢下来，小杨冲过他，回头看了一眼，脚下被半块砖头一绊，扑地就倒了！那人嘿嘿一笑，声音嘶哑，也不拉她，径直下了坡，进了玉米林，不见了。

小杨躺在地上，索性休息了好一会儿。想起刚才那个人，简直就像见了鬼。

第十章　请多关照

周三晚上,写作教研室活动,在外办食堂的小包间,聚餐、议事,顺带欢迎小杨老师。

小杨扫视一圈,见人有八个,男女老少俱全。她默默喝免费餐前茶,打定主意少说话。

首先上桌的是一钵大蒜烧鲢鱼,热气腾腾。主任喊了声:"动筷子!"筷影一阵缭乱,转眼间,只剩了一条完整鱼骨、十几颗大蒜。

味道不错,大家啧啧叹息。

小杨下筷子晚了,不过,大蒜也挺好吃,软和、入味,她把十几颗大蒜都吃了。

一位白发皓然的老师见了,着实赞道:"年轻人就是胃口好。"

又上了一盘小馒头,一碟炼乳。一位中年老师咬了口馒头,又拿咬过的地方去蘸炼乳。

小杨本来要吃馒头的,不吃了,埋头又喝餐前茶。

主任就坐她旁边,小声道:"你还穷讲究嘛。"

小杨脸一红,不敢接话。

主任三十四五岁,平头、国字脸,袖子总挽得很高,有少壮派的干练与活力。

他又问小杨:"你没念过中文系,可想必中学语文成绩一向很好吧?"

"不大好。"小杨勉强笑了下,"七十五六分吧。"

"哦……作文呢?"

"也不行。老师的评语中,最常见的有三个字。"

"哪三个字?"

老师们都听到了,一齐定住筷子仔细听。

"不优美。"

一片嬉笑。

"这样说吧,"主任道,"你那篇获奖的大作我也拜读了,的确不优美。不过……"

包间里很安静。

"我读的时候,还是被感动了。读到老舅爷出殡,吹风、落雨,一行人抬着棺材,蚂蚁似的走在山梁上,我的眼睛潮湿了。你说说,这是为什么?"

大家都盯着小杨。

小杨摇头,诚恳道:"我也不晓得。"

然而,就在这一刻,她已明白了答案,可她不想说。

主任姓卢,海南人,生于万泉河北岸的村庄,在华东一所大学获得博士学位。从小嚼槟榔,嚼出一口黑牙齿。自上了大学,戒绝槟榔,三顿饭后、睡觉之前,必刷一次牙，色泽改变不大，却也有益无害。

他左腕戴了块很大的机械表，略似一只银锅盔，工艺精湛、复杂，烙着外文，但不是英文。每有人投来好奇目光，他必笑道："走私货，我也不知真假。"坦率、谦虚，老字号的教授都喜欢他，常赞道：啧啧，这年轻人！

他出版过有关现象学的专著，研究里格蒙德如何研究胡塞尔。原在美学教研室任教，一年前主动申请转行教写作。

理由也简单："我喜欢有挑战性的新鲜事。"老院长很欣赏这一点。

小杨获赠一本卢主任的大作，18开，厚达六百八十页。但里格蒙德、胡塞尔她一个也没听说过，就敬而畏之，放入了一堆政教课本中。

第十一章　第一堂课

一

小杨设想了若干次，站在讲台上哑口无言怎么办？

她提醒自己，一定记住带上茶杯，可以不停喝水，放松自己。腿打闪闪倒没啥，站在讲桌后学生也看不见。再说，双手抓紧桌沿，有助于身体、情绪的稳定。关键是，开场白说什么，这也设想了若干种，但都不满意。

她请教过卢主任。

卢主任说:"要镇得住场子,霸气点。"

她再请教,他是如何施展霸气的?

"开一大串书单,写满一黑板,现象学、符号学、哲学、美学、叙事学、能指、所指、格雷马斯方阵……先把他们搞蒙,再慢慢廓清,写作的路径就自然顺畅了。"

她吓了一跳,感觉自己也被搞蒙了。哪敢接话,只反复微笑,以示谢意。

卢主任见出她紧张,遂换了个口气,温言道:"也可以跟学生交流下喜欢的书,气氛轻松些,多点参与性。"

"嗯,嗯。"她连连点头。又请教:"主任有没有最喜欢的书呢?"

"有啊,《平凡的世界》。"

"不是小说吧?"

"是小说,三卷本长篇。我也读过了三遍。"

"三遍?"

"读一遍，流一次泪……不敢再读了。你没听说过路遥？"

"听说过的，不过……"小杨不知该说什么，索性戛然而止。

卢主任叹了口气，也不再多问了。

二

罗汉坡上，有过十几家书店。后来，多数倒闭了。原因有二，一是电商冲击，一是学生有许多别的事要忙。老师呢？老师一般是到图书馆去看专业书。

小杨吃过晚饭，逛完了仅存的三家小书店。两家卖教材，一家卖人文、艺术类。卖教材的，小杨熟，来这儿淘过二手书，用完后再半价卖回来。后一家，就暗道惭愧了，曾三过其门而不入。今天迈进门槛，有点茫茫然。遂请教女老板，中文系学生爱读啥子书？

女店主颇有书卷气，也是个爱读书的人。"张爱玲。"她指了下靠门的书架。张爱玲的书，独占了两格，各种选集、文集，五花八门的版本，应有尽有。还有港台出的繁体字版。小杨喜欢繁体字。老舅爷随手写的课徒便条，都是繁体字，竖着写，有古意，甚或不比古人的帖子差。她拣了好多，还保存在老家的闺房里。

张爱玲如雷贯耳的《封锁》《金锁记》等，收在很厚的文集里，小杨嫌厚了，怕自己读不完，有负大作家。

于是挑了本繁体字的旧杂志，上边有张的散文《异乡记》。粗略一数，似乎不到三万字，要读完大概不难。定价贵，但已过期小半年，女店主给了她很大的折扣。她一阵感动，也为弥补另一种遗憾，又买了《诗经译注》和《唐诗三百首详注》。

《异乡记》，是张的旅行笔记。睡前小杨就读完了一遍。次晨醒来，在枕边抓起，又读了一遍。妈呀，她心里念着，也太会写了嘛。

跟凡·高的书信集，可以有一比。不过，她又想，这么比，是否贬低了两人中的一个？管他呢。

三

小杨提前了几分钟进教室，背着手在过道中踱步。大一新生，对老师、同学都陌生，也没人在意她。铃响了，学生各自落座。她比所有学生都瘦小，却剩她一人还孤高地站着。

"我是小杨老师，从今天起，我和同学们一起学写作。"

下面没有嘘声，也没有窃窃私语，但盯向她的目光中，有许多惊疑。

她顺手在学生课桌上捞了本《现代散文经典赏析》，不疾不徐走到讲台上。

她找到目录，查了页码，翻到朱自清的《荷塘月色》，念了其中的一段：

> 曲曲折折的荷塘上面，弥望的是田田的叶子。叶子出水很高，像亭亭的舞女的裙。层层的叶子中间，零星地点缀着些白花，有袅娜地开着的，有羞涩地打

着朵儿的;正如一粒粒的明珠,又如碧天里的星星,又如刚出浴的美人。微风过处,送来缕缕清香,仿佛远处高楼上渺茫的歌声似的。这时候叶子与花也有一丝的颤动,像闪电般,霎时传过荷塘的那边去了。叶子本是肩并肩密密地挨着,这便宛然有了一道凝碧的波痕。叶子底下是脉脉的流水,遮住了,不能见一些颜色;而叶子却更见风致了。

教室很安静。她问:"好不好?"

学生犹豫了一下,怕她话里藏话,因为答案太简单了。然而,答案难道不简单吗?问得好多余。念中学时,这篇散文就念得熟透了。他们三三两两回答:"好。"

又问:"优美不优美?"

这次是一齐答:"优——美——!"

"写得优美,就是好文章吗?"

学生们相互交换脸色:鼓眼、歪嘴、哼哼。

小杨耐心等着教室再一次安静。她发现自己腿没有打闪闪,声音也相当地清晰。

"我读到了很多优美的词,田田、亭亭、袅娜、羞涩、明珠、星星、美人、缕缕清香、渺茫、凝碧、脉脉、风致……然而,我还是看不见任何一片叶子的样子。朱先生的叶子不是叶子,全是形容词。"

她把那部《经典》慎重地合上,停顿了一刻,继续说:"优美是一个陷阱。《荷塘月色》的不好,就是它太优美了。"

底下很安静。学生的眼里,有惊讶、好奇、疑惑,以及痛心。

"那你举一篇好文章出来嘛!"终于听到一声呐喊。许多人呼应,有人拍桌子。

"不。"小杨摇摇头,"我要你们自己写。"她指着窗外的一棵树,"仔细观察这棵树……哦,纠正一下,不是这棵树,是这一棵梧桐树,用几百字把它写下来。用跟《荷塘月色》截然相反的方式写,不用形容词,朴素些、真实些,写出它本来的面目。"

窗外在刮风,树摇晃着,叶子飒飒响。

学生写作时,小杨用粉笔在黑板上画这棵梧桐树。她画的是线描,很多弯曲的线条,像很多绳子。再画,又颇像书法，唐人的草书。画完了，退几步看，它的确就是一棵树，老而苍劲的梧桐。树干分杈处，有一道斧头劈过的痕迹，还没有愈合，流出树液，像化脓的伤口。

只有一个学生写到了这处伤口。小杨给这篇作文打了100分，并记住了学生的名字：王桐。

第十二章　王桐

一

一周后某天,小杨坐在休息室养神,刚上了两节课,还有两节课要上。

门口风声一紧,进来个西装先生,虎背熊腰,一头大卷发如同乱浪，还有络腮胡，阔嘴，大黑框眼镜，因为走得急，脸上冒了油汗，嘴里呼呼有声，很像个油画家，也可以说像个杀猪的。小杨正觉有趣，他却径直冲她道：

"你就是杨老师？"

她吓了一跳，直觉要说不是，却又不争气地点了头。

"你第一天上课就贬低朱自清先生？"

她说不出话来。

"你不要怕。"他说。

她如何不怕？都能感觉到他一身腾腾的热气。想退也没法，她就坐在沙发上。室内几个老师见势不妙，都溜了。倒有个来蹭开水的女生，很有期待地在看着。

"你是谁？"但小杨只敢用目光问。

他把左手向她一递，是个黑色大皮包。"你把这本书拿出来。"他右手拿着一只紫砂杯，腾不出手了。

小杨自小就没翻过别人的包，此刻实属无奈。

她翻出一本厚书，以为是《圣经》。然而不是，是黑色文件夹，不知里边塞满了什么。再翻，就对了，是《现代散文经典赏析》，旧旧的，封面也有点折损了。

"这本书，就是我主编的。"那先生说。

仔细看清了，叫褚兆聿。第三个字，小杨吃不准，自然不敢问。好在勒口上有介绍，褚兆聿，原名褚兆亿，本校文学院教授，学科带头人。

赶紧起身，恭恭敬敬道："褚老师好。"

褚兆聿点点头，示意她坐下，也挨着坐下了。

小杨想挪开一点，又觉得不礼貌，忍了。

褚兆聿把西服敞开，皮带上闪出一部很黑沉的大手机。他说："年轻人，有锐气，观点新，是对的。但为了哗众取宠，出语惊人，这就肤浅了。要读多少东西，做多少研究，才能编出这样一部经典来？拿去好好读一读，再三读，读透了，多反省，回过头来看，就会发现当初对朱先生下的断语，实在是妄断。对不对？"

"不对。"小杨小声说。

"不对！是你不对，还是朱先生不对？"

"……"

蹭开水的女生扑哧就笑了。"对不起，对不起，是开水烫的。"女生连连道歉，却又舍不得走。

上课铃及时响了。

"褚老师,我要上课了。"

"我也要上课。"褚兆聿起身,大步离去。到了门口,又回身说了句:"我明年开始招收博士生,你来考吧。你不笨,希望是有的。"

小杨礼貌地笑了笑。她匆匆去教室,那女生一直跟着她。

"你跟着我干吗啊?"

"上课啊,我是你的学生。"

"叫什么?"

"王桐。"

二

王桐的个子,比小杨高一头,小杨踮起脚尖,也只够齐平王桐的耳朵。王桐进过少年体校,念大学后,被排球队选去做了主攻手。杏子眼,眉毛细长,蚕头燕尾,有如《曹全碑》中的两横,又秀又有力。屁股则是翘翘的,还留了一根拖到屁股的大辫子，偶尔也分成两根、十几根，即便混在一大群人中，也灼灼夺目，一眼就被看见。

小杨早注意到了她，却没想到，她就是写满分作文的学生。

"你不像写那篇作文的人。"小杨说，"现在我也不信。"

"老师歧视我。打球的，就只配头脑简单啊？"王桐断然抗议。

"倒也不是……不过，你这个样子，真不像是发现树子有伤疤的人。"

"我哪个样子？请说清楚了。"

小杨哪说得清楚呢，遂急中生智，把话锋一转。"改天我去看你打球吧。"

"改天是哪天呢？"

"这个……"小杨傻了，支支吾吾，"我事多，不好说。"

"我倒觉得，老师像一个闲人。"

"闲也是一种功课啊。有人修禅，我是修闲。"

王桐哈哈大笑。"老师很会诡辩嘛！不过，身为老师，自知理亏，还要跟做学生的诡辩，有点失风度。对吧？"

"……"小杨斟酌了几个字、词、句，都不合适，就若有深意地假笑了下，罢了。

"老师知错了哇？你要向我道歉。"

"怎么道歉？"

"请我喝杯咖啡、柠檬茶啥的。"

"我哪有钱？还看不出我是个穷人……"

"你请客，我买单，行不行？"

小杨想说行，出口却成了"哼"！

学校南门外，炒菜馆、烧烤店、茶坊、酒吧密密麻麻。街沿公厕边，还有串串香，用竹扦子把肉疙瘩、鸡肠子、鸡屁股、土豆片、藕片等穿起来，放到一锅来路不明的辣椒水中煮，半生不熟了，拈起来，伸了牙尖就去啃，啃得笑嘻了。女生上课窃议串串香，嘴里都是清口水。

小杨说："喝啥咖啡哦，就吃串串吧，解恨。"

王桐说："我乐得省钱。"

两人各吃了几十上百串，撑得起身都困难了。小杨倒还很清醒，说了句："吃归吃，考试想套题，少来。"

"考试？我从来不在乎。我是大年初一零点出生的女孩，外公说，天生跟人不一样。"

"咋个不一样？"

"高考成绩，说起你不信，英语一百五，语文一百四十九。"

小杨自然是不信。"那么高！咋还念了这所大学呢？"

王桐嘿嘿一笑。"我数学十七分。"

"哦，那跟钱锺书当年一样了。"

"他数学是十五分，我比他多两分。"

"那你更厉害……然而，还是上了罗汉坡。"

"嘿嘿，无所谓啊，这儿自有它的好。"

"好在哪儿呢？"

王桐避而不答，却换了个话题。"我十岁就读了曹雪芹、鲁迅，还有陀思妥耶夫斯基、芥川龙之介，一大堆。最让我佩服的作家……"她顿了一顿。

小杨看着她。

"还是不晓得是谁。"王桐笑了笑。

小杨也笑了一下。她从没想过这个问题。

三

半个多月后,王桐把一篇中篇小说发到小杨的邮箱里,请杨老师指正。

小杨瞟了眼附件的标题,叫作《我的春服和初欢》。她不喜欢这个标题,有点腻歪歪的日本味。次日回复:"写得真不错!我哪敢指正啊。"她根本就没看,连附件也没点开。

她一直不怎么读小说,也不喜欢听故事。新闻、街谈巷议、别人家的婚丧嫁娶……概不关心。而小说就是故事,何况还是瞎编的。

课堂上两人相遇,彼此都不提这件事。

相遇也很少。小杨上完课,提起包包和水杯就走了。

第十三章　双单楼主

一

小杨的寝室，是单身宿舍楼的一个小单间。她想用橡皮擦刻个闲章：双单楼主。又觉得酸，算了。

这是一幢四层的红砖楼，她住顶层，朝北，窗外望出去，越过几棵老槐树，斜坡下、低洼处的三亩农田，苞谷棒子已拔完了，玉米林还留着，叶子蔫耷耷，在还算暖和的九、十月，有种惬意的松弛和懒散。半亩豇豆也还在架上，摘得快，长得慢，豆叶稀落落的，有满架秋风的味道。时常有男女生躲在玉米林中搂抱、亲热。其实也不算躲，林子不大，入了秋，更不能比青纱帐，略为遮遮，意思而已，其实还是坦然的。小杨就自忖，我要有个男朋友，才不钻这破玉米林子呢！那去哪儿呢？她没有男朋友，所以想一阵，也懒得想了，且搁下。

这寝室，从前是有几位老师先后住过的，其性别、年龄、去向，都不清楚，房管科干部只顺口说了这么一句。小杨也不想多问。墙上留了张写满钢笔字的A4纸，抄着作息时间：

6点起床，跑步，大声读英语。早饭（食堂）。上课。午饭（食堂）。午睡。下午上课，或坐图书馆。晚饭（食堂）。散步，戴耳机听英语。坐图书馆或资料室。10点半回家。写日记，回复邮件。12点睡觉。

字迹相当工整。小杨把它撕下来，揉成纸球，扔进垃圾篓。床头柜的抽屉里，还有一副眼镜，缺了一条腿，另一条腿上，却还系着一根褐色尼龙绳，也扔了。

席梦思下边，还压了本旧书，颇像不能见天的读物，抽出来，却是《红楼梦》，青灰色封皮，繁体、竖排，全四册版，这是第一本，只有前三十回。她把灰掸了掸，放在枕边，睡不着时，百无聊赖，就翻几页。居然忘了这是小说，还是假语村言，翻完了，又从头读。读到刘姥姥说："这长安城中，遍地都是钱，只可惜没人会去拿去罢了。"她哧哧地笑了。一个穷人，要活得多硬朗，才会这么嘴硬啊。

每天早晨，她用电热杯煮一个黄壳土鸡蛋，烫一盒牛奶，吃三片全麦吐司。这是一天主要的营养，所以格外重视，念师专时就养成的习惯。母亲的话，她基本不听，但早餐食谱却是母亲为她制定的，颇有道理，她接受了，且多年不变。女生爱睡懒觉，铃响前二十分钟起床，别人梳妆打扮，不吃饭，她却不梳妆打扮，必吃饭（蛋、奶、吐司，三不少）。粗服乱头？也没什么，反正没人多看我一眼。

她不晓得该怎么跟男人打交道。除了吴胖子，可他算个男人吗？还有老舅爷，可他苍老得就像一个古人啊……唉！

读师专、读研，班上都基本是女生。男生稀少，却也有几个，但面容模糊，已被小杨忽略了。不过，她转而又想，我也是被男生忽略的对象吧？也好，心无挂碍嘛。

印象深的倒也有，蒋贤、蒋喆。心里偶尔念起这两个名字，就如在眼前。但他俩不是同学，熟人都说不上。

二

书桌靠窗，电热杯就放在桌上，煮鸡蛋的时候，她习惯望着窗外的树。树叶在风中窸窸窣窣。即便无风，也有斑鸠、麻雀在那儿跳来走去，颇有生趣，看之不够。念师专时，查出近视，眼镜有时戴，有时不戴，望园子则更无所谓了，风吹、鸟鸣，听着也是舒服的。

七八分钟后，鸡蛋煮熟了，太烫，捞在玻璃杯中，用冷水浸泡一小会儿。顺手拣本书读几段。有回读的是《涂口红是门大学问》（从学生手上收缴的），竟忘了时间，蛋已凉透了心。只得剥了壳,再放入玻璃杯,换了鲜开水烫热。当然,烫热的也只有蛋白那一层。冷蛋黄吃下去,胃半天不舒服。

这种事,发生过多回了,她想改,可是改不了。她对自己很灰心,自忖无药可救,也就不抱期望了。

第十四章　惹麻烦

一

小杨上课,给学生的要求只一个:静。

可以睡觉、喝茶、喝奶、吃点心、读闲书,还可以不来。但不可以说话,尤其不可以窃窃私语。那种压低嗓门、神经兮兮的悄悄话，会让她头皮发麻，强压怒火接近于崩溃。

学生齐呼："好啊！"傻子才不乐意呢。

偏偏还有女生不当一回事，偏要说，而且用一本书遮住嘴巴不停地说。声音模糊而又真切，像一只蜜蜂在教室里飞来飞去，直蜇小杨的太阳穴。小杨艰难地找到了声源，看见封面上一张血红的大嘴，八个字：《涂口红是门大学问》。

她走过去。四下安静，学生都在看她要怎么做。她心里却没底，只说了句："把书给我。"

"不。"那女生拒绝了，索性把头完全缩到书后边。大家都笑了。

小杨想假笑，却笑不出来，满脸烧红。

突然，座位后有人唰地站起来，叫了声："幼稚！"一扬手，把书抓了过去，再一转，递到了小杨面前。

小杨一愣，是王桐。全班同学都鼓起了巴巴掌。

小杨已缓过神来，用两根指头拈住书的一角，一抛，扔到了讲桌上。

场面更闹热了，鼓掌变成了拍桌、跺脚、喝彩和嘘声……那个说话的女生趴在桌上，呜呜呜哭了。

二

教研室专门为小杨开了一个会。卢主任为了气氛轻松些，特意挑在南门外一家渝州火锅楼，耳语者包间。肥牛肉、黄辣丁下锅，大家海吃了一回，又辣又烫，吱吱声不断。鼻涕口水也大量涌出，一卷卫生纸被递来递去。

卢主任停了筷子，响亮地清了清嗓子，小杨差点以为他被鱼刺卡了。

他说："小杨老师加盟写作教研室，快一个月了，总的来说，还不错。问题也是有的，概括起来，主要有二：一是褚兆聿教授有意见，你不尊重经典，误导学生。一是学生向学院反映，你课堂纪律松弛。一是有人给教务处写邮件，批评你不尊重学生，打……不是打，是打压学生。"

小杨嗫嚅抗议："主任说问题有二，咋又变成了三？"

卢主任哼哼，笑道："嫌多了？概括起来，也可以说只有一，就是你还没有转正，而你的转正遇到了麻烦。"

"那该咋办呢？"

"所以，今天就是请老师们教教你啊。"

小杨环顾四周，老师们都微笑着，嘴巴也动，却像在反刍，并不说话。她只好眼巴巴，望着卢主任。

卢主任叹口气，摇头，又点头，意思大概是，让人操碎了心。可不拉你一把，又怎么过得去！他说："办法有二，一是主动找褚教授请教，错了就改，还可以学到很多东西。一是在课堂上厉行纪律，当狠则狠。妇人之仁，一点来不得。"

"那，不就成打压了吗？"

"看似悖论，实则相反相成。"

"我……没有听懂啊。"小杨气怯，喃喃道。

"我，只能说这么多了。"卢主任却很干脆地打住。

"好吧。可是教务处那边，还没有说咋个办？"

"你回家写个书面检讨，明天我替你交上去。"

"……"小杨埋头吃起来，再不说啥了。

三

过了两天,卢主任交代的三件事,她一样也没做。

卢主任问她:"你在想啥呢你?"

她说:"我在想……这碗饭怕是吃不下去了。"

第十五章　烤苞谷

一

周末,小杨用橡皮擦刻了方闲章:走为上。盖在一张宣纸的左下角,是略暗的枣红色,却没想好画什么。

再把两本教材、一大摞参考书,都整齐放进一只纸箱子，封好，用脚踢入床下。她没寻思好下一步做什么，但自忖教过几天大学，谋一碗饭吃还是可以的。最不济，就去教小学；中学生鬼头鬼脑的，难对付。出了校门，下了罗汉坡，进城去，世面该是很大的。

每次下了课，倘离饭点还早，她就在坡地上闲逛。路边随处有橱窗，贴着通告、广告、当天的报纸，她兴趣不大。倒是隔些天换一回的讣告，会让她多停留几分钟。

讣告多用白纸、黄纸，以隶书、楷书，寥寥数语，概括了逝者的一生。多数逝者活到了高龄，其中有人有很高的学术地位，包括她导师的导师，并附列了较长的著作名录。小杨总是先欣赏字迹，承认笔墨功夫比自己强。继而念出那些著作的名字，一半宏大得让她发怵。另一半呢，是教科书。

天光透过树枝，投在橱窗上，白得发亮。

今天中午，她在桑园餐厅吃了两荤两素。晚饭，还在桑园餐厅吃，还是两荤两素。吃得有点多了，人就困乏，回寝室和衣而睡。一觉醒来，屋子已经黑透，一框月亮正落在自己身上，脸、颈子、手臂都痒痒的。她换了白T恤、橘红跑鞋，下了红砖楼，出去跑跑步。

出了楼道，吓一跳，校园静得发怵，人影子、鬼影子都看不到，夜已经很深了。她稍稍犹豫，还是启动了身子，在盘陀道上慢跑起来。跑到毛主席挥手的塑像前，向下望望，洼地中玉米林边的农屋，还亮着光，却不像灯光，明明暗暗，屋顶瓦缝中还有烟子冒出来。起火了？念头一闪，她就笑了。是自嘲。在波澜不惊的坡地上起火，简直是奢望。

那又是什么？她摸下坡，从玉米林中穿过去。稀茸茸的叶子，擦着她的肩。窗户没关，横了块布，半像窗帘，半像随手搭的毛巾。把布撩开一点，的确是一堆火。玉米秆斜插在废汽油桶中，火舌哧哧地舔着寒气。一个男人用铁扦穿了只苞谷棒，在火上转。焦煳的香味飘出来，小杨吸了一口气。

"睡不着？进来坐坐吧。"那男人说。

二

屋子大得像个教室，靠墙一张大沙发，乱扔着书和毛毯。还有一张方桌，搁着碗、碟、盘子、茶缸、一盏马灯。那男人坐在一个小凳上，向着火。季节本来还很暖和的，见了火，小杨却也见出了点寒意，不觉也把手伸出去烤一烤。男人哦了声，一递，就把烤好的苞谷塞到了她手上。

"我不饿……"

"嚼几颗吧。嚼着嚼着，就有饿意了。"

光亮不稳定，看得出他头发剪得短短的，花白，硬戳戳，声音却是和善的。

小杨嚼了几颗，玉米粒烤焦了，里边却还保留着浆汁，嫩、鲜。她把它们全啃了。他再把大茶缸递给她。缸里茶叶比水多，黑洞洞的，她有点怕，不过，出于礼貌，还是喝了一小口。却是淡淡的，淡到没啥茶味了。

"这是你的家？"她问他。

"我母亲的娘家，外公的祖屋，从前是舅舅、舅妈住……也算是我的家。你觉得不像?"

是有点不像。但她没说话。

"你是大一的新生?睡不着,想家了?"

小杨闻到一股暖融融的纸烟味,愣了下,突然就哭了。

"对不起,我……"

"不是不是,我早就想哭几声了,也找不到个地方哭。"

"嗯,我这儿倒合适。就当对牛弹琴嘛,弹错了,牛也不晓得。哭了,牛也不问为啥子要哭。"

小杨又愣了下,突然就笑了。笑了几声,又哭起来,哭了一阵,拿袖子把鼻涕、眼泪揩了揩。"谢谢,我走了。"

他也不挽留。"是啊,很晚了……好生睡一觉。"

第十六章　干咳

一

国庆节出了几天太阳,天气燥热。节后,小杨换上短袖 T 恤,去上了一下午课。回来时天阴了,雨水唰唰落下来,把她淋了个透。到了家,脱了衣服,擦把头发,倒床就睡了。当晚发了烧，头昏昏的。去校卫生科，一个中年男医生正埋头读商报社会版，脸上时笑，时怒。他用医用棉签当压舌板，察看了下她的扁桃体。

他问："你说嘛，你得了啥子病？"她说好像是感冒。他又问："你说嘛，你想吃啥子药？"她就尽自己所知，报了几个药名。

回家吃了药，猛喝水，又压了两床被子，发了大汗。又扛了一周，感冒好了，却一直嗓子痛，咳嗽，半夜被自己咳醒，坐起身来，背后垫了枕头，继续咳，咳得掏心掏肺的。

上课成了问题，她就带一张盗版碟去放，好莱坞、宝莱坞都有。她颇怀歉意，学生却很乐得，看得笑嘻了。王桐不解何故，很是鄙夷，干脆几天不来上课。

小杨又去南门外小药店买了两种止咳糖浆，但不管用。后半夜，她咳着咳着，明白了，病在气不顺。

好在，自己还有一间屋，几本书。没课就窝在里边，把书都快翻烂了。

农舍外的老桂树开了花,金红满枝。浓腻、甜香的气味,从窗口飘进小杨的屋。咳嗽渐渐松了下来。她临时顶了一节大学语文课,给数学系大一上。她就举罗素为例,说优秀数学家可以获诺贝尔文学奖,可最牛的文学家,却连数学及格都很难,钱锺书数学十五分,张爱玲估计也好不到哪儿去。

这时候,末排角落里,有个人举了手,是个三十来岁的男人,穿紧身长袖T恤。

小杨一进教室就注意到了他,以为是教务处的人来检查工作。现在他举手,她也就点了一下头。他起身发言,普通话,带点东北的口音。"沈括是一个例外,他起初是个文学家,后来却以科学名著《梦溪笔谈》闻名后世。"

"是吗?"小杨假笑了下。他的话连同他的身份,这会儿都让她吃不准。"我记得,他首先是个科学家,其次才说得到《梦溪笔谈》具备文学性。"

"那可能就是老师记错了。"教室里一片哑静。

"我记性好得很。"她一字一顿。

"凡事都有例外。"他表情十分淡定。

这个人是来踢馆的？小杨正在脑子里搜索字句，下课铃响了，学生们哄然乱了起来。她收拾杯子、讲义，心有不甘。

那人却径直走到她跟前，很礼貌地叫了声："杨老师好。"小杨面色缓了下来。他个子不算高，但宽肩厚实，脸晒得黑黝黝的，看得出以前留着络腮胡，却已仔细刮光了。他说："我刚从美国回来，周仓拜托我来看看你。"

小杨像猛呛了一口冷风，说不出话，突然大咳，咳得眼泪都出来了，半晌止不住。他掏出纸巾递给她。她擦了眼睛、鼻子、嘴巴。走到教学楼外一大架紫藤下，他告诉她，自己姓史，美国朋友叫他史密斯，中国朋友叫他史密达，都是乱弹琴，她叫他老史就行了。

小杨问他跟周仓什么关系？他说，先后校友，周仓正在西太平洋大学念博士。

"哦？"

"体育教育学博士，他太太给他安排的。"

"他很服他太太。"小杨勉强笑了一下。

老史犹豫了片刻。"我在美院画模特时，老师总说，每张脸都比你看到的要复杂。"

小杨转头看向别处。

"那家伙就让我代他看看你,也没捎礼物,也没捎句话……"他挥了挥手,"让我们把他忘了吧。"

"不是你想的那回事。"小杨想跟他解释,却无从说起,只得又干咳了几声,由他去了。

二

他们去南大门外的咖啡馆坐了会儿。老史给小杨点了杯爱尔兰咖啡,小杨摆手,只要了杯菊花水。老史笑笑,也只喝了杯袋装的红茶。

他说,他在国内学油画,到美国后改学设计,再改统计和投资,这个月才回国,做资本运作。小杨不懂资本运作是什么,他就举例说,我如果要投资一部一千万的低成本电影,可我只有一百万,怎么办?我就去融资,找个地产商投二百万,矿老板投二百万,制药公司投二百五十万……风险共担、利益共享,搭班子,找好编导演，就把事情做成了——好莱坞就是这么干的。

原来如此，小杨笑了笑。

老史也笑了，露出一口雪白的牙齿。

他拿了份薄薄的小画册给她看，印得很精致，封面是个很性感的女子，很像苏菲·玛索，也许就是她本人，她茫然地看着前方，一个男人忧伤地看着她。上边全是法文，小杨一个字也看不懂。老史说，这是他刚投的一部中低成本言情片，正在做后期。小杨要说什么，却又咳了起来，这回是被水呛了下。

老史伸出手，弯了下，在她背上很体贴，也很得体地拍了几下。"咳了多久了？"

"我都快记不清了……"

"别咳成慢性支气管炎了，"说着，他身子挪过来，耳朵贴在小杨的背上，示意她深呼吸，"呼吸粗了点，但还好，别吃抗生素了。"

"……"

"吃点中药吧。我有个同学的祖父就在同仁堂坐堂，中医还真是老先生才靠得住。"

"……"

老史抬腕看看表，说他还要去办个事，改天再聊，随后就叫服务生："买单！"小杨争着把钱付了。她说你是远客，当然是我请你嘛。他大大方方地笑笑，接受了。

小杨一个人走回宿舍去。感觉背上有点痒痒的，怕是掉进了毛毛虫，弯手过去抠了抠，却没有。是老史刚才贴过耳朵的缘故。她想起老史的呼吸，均匀，有力，也带着暖意。

三

两天后的下午，小杨歪在床上打盹，门被拍响了。老史站在门口。小杨疑惑他咋能找到这儿呢。他不解释，递上一大包中药。

是请那位祖父开的，不治急症，调心养气，已经煎熬妥当，分为九个小包，一日三次，一次一包，在开水中烫热，剪开小口子倒入杯子，缓缓喝下即可。小杨连连说谢，自忖该请他入屋坐会儿，但房间太窄，而且很乱，而且有点犯疑,他凭啥对我这么好?

正踌躇着,他却说我走了,还忙呢,你多保重,空了我们再聚。摆摆手,匆匆在楼道中消失,留下一串匆匆下楼梯的声音。

药汁浓浓的,深棕色,烫了之后,有股好闻的熟草味,小杨想起自己的母亲。除了母亲,还从没人给自己煎过药。药杯啵地响了一下,她落了一颗泪。

三天后,药吃完了,她嗓子清爽多了。但老史没有再出现。

第十七章　紫藤下

一

王桐送了小杨两件礼物,放在讲台上,还压了张纸条。

一件是淘来的旧碑帖,东汉《杨淮表记》。小杨信手翻了翻,跟《石门颂》笔法很相似,力道足够,却还要随便和放逸些，一见就喜欢。另一件是毛笔，一米长，像一柄剑。

纸条上写着："饶了我，我躲到乡下改小说。"

小杨轻轻呸了声，嘴角漾起笑来。好久没有笑过了。

气温回升，晚饭后，天光也是透亮的。小杨心情好，拿了王桐送的毛笔，提了塑料桶，去图书馆前的石板上写大字。走过浓荫森森的紫藤下，又恍然若有所失。

银奶奶带了小外孙女来广场散步，见了她，夸她长好了。小杨晓得，老年人夸谁"长好了"，意思就是长胖了。她脸一红，银奶奶却又笑道："我说的长好了，就是好看了。看嘛，还白里透红呢。"

银奶奶走了，小杨还摸着脸蛋傻笑了一会儿。她用长毛笔蘸着清水，在石板上写了很多字，把脑子里能搜到的古诗词都写了。最后是八个字："既见君子，云胡不喜？"前边留在石板上的诗词，已在风中消失了。她背心、腋下出了汗，臂腕发痛，痛得痛快。

二

小杨参加了自考阅卷，昏头昏脑忙了三天，领到一千元阅卷费。

她把钱存入银行。加上读研期间，辅导儿童绘画的收入积蓄，再加奖金，存款已有八万七千元，够买一套小户型的首付了。她计划放了寒假去看看楼盘，把期房订下来，然后回老家过完春节，再去西安或曲阜走一走，访访那儿的碑林。感觉自己写字又有心得了。

这个时候，老史跟她不期而遇了。

他站在紫藤下，怀抱一口带耳环的青花瓷罐，衬衣的袖口挽得老高，风刮过他晒黑的脸，笑吟吟，满是惬意，还有一点儿疲惫。这是下午的五点四十七，也许还早半分钟，因为，五点四十五刚下第八节课，小杨捧着教材、讲义，与他相距一丈，学生们流水般从他俩身边流过去。

老史说，他去北京折腾的这些天，累得像牲口，刚回来，飞机晚点三小时，肚子空空，没胃口，可是心情好，路上经过废品收购站，看见这口水罐，价钱论斤卖，八元一斤，想起小杨，就买了给她抱过来。

"水罐跟我有啥关系吗？"

"周仓说，你字画都好，给你做笔洗。"

"他太太告诉他的吧？"

"别在乎是谁告诉的。我相信你不逊于书画家。书画家我见多了，我就是个半瓶子。"

她瞪了他一眼。"凭什么相信？"

他也瞪了她一眼。"我还看不出来啊？"

她把目光收回去。"做笔洗太夸张了，倒适合插花。我又不插花。"

"一辈子长得很，说不定，你哪天就喜欢插花了。"

她不说话。

"是吧？"他问。她不应。他再问："是吧？"她咬咬嘴唇，不答。他把罐子递给她，她不接。

他俩坐在紫藤下边的长椅上，罐子就放在两人中间的脚下。罐子是青花，但蒙了灰尘，灰溜溜的，不起眼，很普通，有点像农家盛水的器具。小杨用指头钩起罐耳，放下去，当的一响，倒十分清越，罐口嗡嗡响着，宛如有人对着深井喊了一声。

小杨终于说话了，可是跟罐子没关系。"你是在北京忙资本运作吧？"

"是啊。"

"筹拍好莱坞模式的大片？"

"不，这回是策划一个大画展。"

"齐白石还是徐悲鸿？或者，陈丹青？陈逸飞？"

"不不不，我不搞画家的画，太俗套了。我搞一个全球范围的名人画展，譬如，丘吉尔、希特勒、乾隆皇帝、溥仪，活着的有苏菲·玛索、索菲亚·罗兰，还有张曼玉、章子怡……都在搜罗中。"

"王维也画得非常好。"

"对，他也在我们的搜罗范围内。"

"老舅爷说，他留下了一幅《江山雪霁图》，好像在日本人手上，不过，也可能是假的。"

"哦，你知道得真多，难怪周仓说你是才女。"

"我就晓得这么一点点……我请你吃晚饭吧,食堂咋样?有点委屈你。"

"食堂?不如去你家。"

"那更不好意思了,我门外就一只煤气炉,只能煮面条。"

老史抱起罐子。"回家吧。"

第十八章　云胡不喜

一

进了家门,屋里窄得没处放罐子,小杨把它搁在地上,用脚踢到了床下。

"就像踢在我身上。"老史笑道。

小杨有点脸红,干咳两声来掩饰。

"咳嗽还没好?"

"好了。"

"我不信,嘴张开。"

小杨把嘴张开。老史顺手从白瓷杯里拿了小勺,插进她的嘴,压住她的舌头,"说'啊——'"

小勺是不锈钢的,亮晶晶,冰浸浸,有金属的质感和力量,她感觉很不舒服,然而又很舒服。"啊——"她听话地发出长音。

他把眼凑到她嘴边很近。"是好了。"

"真好了?"

"是啊,好了。"

小杨抿嘴一笑。

"你,真乖。"

"我……乖吗?"

老史把嘴压在她嘴上。很长的一个长吻。但又不像吻,像吮吸,就像要把对方吸干了似的。钥匙串上的铃铛,叮当一响,老史把她的裤带解开了。

小杨没有做爱的经验，兴奋，也惊慌，但老史很老练，也很体贴。他插入的时候，她感觉就像那只金属勺，有力量，然而很温暖，渐渐膨胀，渐至滚烫，她的身体，整个的都被温柔地撑开了……事后回忆，她依然有无限的惊讶，做爱，没想到会是这样的。

二

老史在小杨屋里住了七天。七天中，还有两天去了趟重庆，通过英国领事馆，联系勃朗特姐妹的水彩画。"是写《简·爱》《呼啸山庄》的姐妹吗？她俩好像还有个妹妹？"小杨说。

"是安妮·勃朗特，她写了《阿格尼丝·格雷》。还有个兄弟勃兰威尔·勃朗特，是画家，落魄、倒霉的画家。"老史拍拍她的脸，"等着我回来，啊？""嗯。"

明天晚饭后，老史回来了，两眼红红的，是疲惫中的亢奋。他说一切都成了，英国人对文化输出很热心，还主动要替他联系弗吉尼亚·伍尔夫的素描。

"一切都妥当了?"小杨快乐得不敢相信。

他搂住她,食指弯着在她鼻梁上刮了下。"当然,妥妥的!只是……"

"只是啥?"

"前期运作经费还差一小截……不过,会有办法的。"

"一分钱难倒英雄汉。差多少呢?"

"不多不多,九万。我到北京想办法去银行再贷点。"

"不用了,我刚好有这个数,哦,是略差点。"

"不……"

"我不是白给你,你要连本带息还给我。"

"要多少?"

小杨不吭声,闭了眼,脸烧得通红。

两个人上了床,通宵做爱,直到老史累得在曙光中沉沉睡去。小杨也累,却趴在他身上舍不得下来。后来,忽然担心他死了,把耳朵贴在他毛烘烘的胸口,听到均匀、踏实的心跳,这才松口气,莞尔一笑。

三

老史飞到北京去了，带着小杨的银行卡和密码。三个多小时后，她收到他的短信："顺利到京，想你。"小杨有好多话要说，沉吟良久，只回了三个字："也想你。"

傍晚时，再次收到他的短信："万事齐备，东风和煦。谢谢你，想念你。"小杨回："早些回家。"发送前，又改了一个字："早些回来。"

当晚老史没有音讯。大约是跟朋友小庆，喝多了。明晨小杨去上课，走到那架紫藤下，忍不住，给他发了个短信："你好吗？想你。"直到下课，还没有收到回复。她给他拨了电话，通了，但没有接。下午又拨，已经关机了。接下来三天，她拨打了不止几十次，但都是关机状态。又拨了三天，还是关机。

她明白了，他是个骗子。

小杨默默难过。然而，连她自己都奇怪，她没有上当受骗的感觉。她重温着她和他在一起的六个晚上，她记得他俩做爱的每个细节,每一瞬都是美妙的。她觉得,她可以这样重温很多年。

她没有报警,报了警又该如何说?也没有对任何人讲。

沮丧、失落,是有的。这之中,包含着她没钱去支付小户型首付了。而且,也没钱去西安、曲阜看碑林。

落了几天秋雨,气温略降,空气潮湿得发腻,小屋显得更狭窄了。这是天气加了憋屈造成的。小杨想,我搬不了新屋,至少可以把床转个方向吧。

挽了袖子就干。床下传来咕咚一响,滚出个东西,是老史留下的罐子。

灰扑扑的罐子,她用清水洗干净,再用棉布擦拭过,青花就亮眼了,白如象牙,青是豆青,豆青中还有几抹朱红,泛一层莹莹的光,她看着,是很好看的。晚饭后,她再给罐子盛了水,用红裤带穿过罐耳朵,钥匙串套在手腕上,就提了毛笔和罐子,到图书馆前写字去了。

第十九章　仍怜故乡水

一

周四上午三节课后,小杨接到母亲的电话,父亲病危,正在县医院抢救。

她脑子轰的一响。马上给卢主任打了电话请假,把第四节课也扔了，跑回家收拾了一包衣服，就往火车站赶。

火车到重庆，再转汽车、轮船。次日午饭前，小杨站在了父亲的病床边。

父亲去参加退休老师聚会，本来酒量不行，禁不住劝，多喝了几杯。彼此都是白发人，回首前尘，百感交集，都动了情，鼻涕口水乱流，无须劝，又多喝了几瓶。他回家爬楼梯时摔倒了，头破血流，但昏迷了叫不出一声，直到快半夜才被发现。救护车接到医院，马上就下了病危通知书。

小杨进病房前，父亲已苏醒了一会儿。他看着小女儿，抱歉似的笑了笑。尽管身上插了管子，头上缠了绷带，但这一关，应该是扛得过去的。小杨舒了一口气。

她给父亲喂了大姐送来的鲫鱼汤煮抄手，又点了份病号饭，自己吃了。父亲打个嗝，咕哝了一句："辛苦你们姐妹了。"她摸了摸父亲的脸、下巴，小声说："睡会儿吧。"

病房是六人间，病人和陪护都睡了。小杨奔波了二十个小时，却一点睡意也没有。她趴在窗口，十月的风还很温和。

医院建在半山腰，窗外就是浩浩江水。顺着江岸，陆续在新修楼房。街对面，有商场开业，彩旗飘飘，铜管乐队响得闹热。跨江的大桥上，车水马龙。故乡变大了，小杨要费点神，才能寻找到儿时走过的石梯坎、小巷子。一望可见的是白鹤宫，还在山顶闪着白光，跟从前一样，又遥远，又清晰。

下午五点过，二姐来了医院，换小杨回家去休息。

二

路过文化馆门口，小杨向里瞟了一眼。正有个人走出来，两人对视片刻，都"咦"了一声。

是新任不久的馆长，也曾跟老舅爷学艺多年，叙起来，算小杨的师兄。才三十三四岁，精瘦、儒雅，手握新崭崭的诺基亚手机，眼镜片上还溅着两粒墨汁。"你在大学当老师，咋这时候回来了？"

小杨不愿多解释，只说："家里有点事。"

馆长点头。"这一路辛苦了。下次回来，估计不必坐船了，重庆的长途车，能一直开到县城的西站。"

小杨一喜，想多问两句，他却换了话题，邀请她去办公室坐会儿。"一大早喜鹊在阳台叫，我就猜，要遇到贵人了。"

贵人？小杨心里暗笑，但也懒得跟他抗议了。

馆里已经下班，四处清静。还是从前的两排青砖平房，但馆长说，明年要拆了，起一幢三层水泥楼。他的办公室，有两架书柜，摆了张办公桌，还摆了张画案，笔墨纸砚一应齐全。

墙上挂着一只钟，一幅字。字是老舅爷留下的，写着：顺者顺也。

馆长给小杨倒了杯绿茶。"是黄山毛峰，明前茶。"

小杨闻了一下。"很贵吧？"

"是个沙石老板送我的。"

"哦？"

"这县里，数沙石老板能挣钱，他呢，算得头一个。自建了座江景大别墅，刚装修好几天，来找我要二十张字画，内容由我定，总而言之，要古雅。"

"大买卖。"小杨喝了一小口茶。

"还可以吧?"

"相当可以,"小杨又喝了一小口,"能赚到好一笔。"

"我一个人拿不下来。他说了,每幅字画都要不同的书画家。县城就这么大,我正在抠头皮,你就回来了。"

小杨呛了口茶,猛咳了几声。

"茶要慢慢品。"馆长嘿嘿笑了,"看不出,你还是个急性子。"

"不是……"小杨要分辩,却被馆长打断了。"你就写苏东坡的《记承天寺夜游》。老板说了,他就喜欢陶渊明、苏东坡这一路的人。"说着,顺手从书架上抽出《东坡志林》。

"我……"

"四百元一张,好不好?就八十几个字,写得比小楷略微大点就行了,行书、草书随你的便。"

小杨怀疑听错了。抄八十几个字,卖这么多的钱?

馆长见她沉默,就轻拍一下桌子。"这样吧,你写两张,一千元。"

"两张?"

"我自己收藏一张。说实话,你写的字,我一直都很看得起。"

"你看走眼了吧。"话到嘴边，却又变成了，"好在哪儿呢？"

"有筋骨，放得开。"

小杨脸红了下，像听到轻微的嘲讽。

"就在这儿写吧。"馆长给她续了水，又拿起诺基亚看了眼时间，"以你的水平，半小时足够了。"

三

家门外左手，新开了滇味小饭馆。老板娘是从云南建水嫁来的，脸蛋被高原阳光晒得红亮亮，一双大手不停地忙。她卖米线、饵丝、汽锅鸡，还做一种甜点，叫紫米狮子糕。小杨径直进去，点了一碗糕，坐在门边，拿小勺慢慢吃。老板娘又赠了一杯浓酽的老鹰茶。

街道宽了几尺，但几棵老迈的黄葛树移走了。新植的两行银杏还瘦小，且已在落叶，铺出一片稀落落的秋意来。母亲在电话中说过，洗半仙也搬去重庆了，在观音桥开店，做老本行，生意好，看相、算命都要预约呢。

紫米狮子糕甜而略腻，老鹰茶苦得正合适。小杨吃完、喝完，走回家去。饭菜刚摆上桌子，大姐、大姐夫、二姐夫、一大堆外甥女都在，很是闹热。母亲说："饿安逸了哇？赶紧拿筷子。"

小杨在沙发上一躺。"让我先睡一觉。"

四

过了一天，母亲就赶小杨回学校。

她去商场买回几大包食品，塞满父母的冰箱。还给母亲买了条红围巾，给父亲买了双红色休闲鞋。还给自己买了个小本本。

"老都老了，还穿啥子红色嘛！"母亲嚷起来。

"老了，才该红一下。"小杨把围巾给母亲围上，端详了一番，"看嘛，好看。"

登上火车，小杨摸出小本本，写回乡手记。巨细无遗，把这三天所见、所思，一字字写了下来。还差一页就写满了，她画了一幅画，是从病房窗口望见的故乡。

第二十章　曹雪芹

返校后,小杨查看了贴在墙上的表格。她把本学期要上的课,都填在格子里。上完两节课,就打个红钩。课越来越少,学生却从寥若晨星,变成塞满了教室。考试逐日临近,怕老师漏题而自己偏偏错过了。

但杨老师不漏题,半丝口风也不漏。

她当老师没经验。做学生时，漏没漏题，她也只能考个七十五六分。

突然收到一条短信，是王桐发来的。"漏两道吧，别让所有人恨你。"

小杨吃了一惊，过会儿才回过神。那就漏吧，她想，在备课本边角写了个：louti！旁人看了，还以为是"楼梯"。下次上课，分析完《刘姥姥一进荣国府》，刚要硬邦邦切换到漏题上，却有个胖女生坐着提了个问题：

"为啥曹雪芹没上过写作课，却写得那么好？"

满堂大笑。

小杨看见一张圆滚滚的脸，一额头粉刺，两颗眼珠子间距很紧，像两颗铁钉，盯着她。她就长叹一口气，如实说："我也没答案。"

学生们没再笑，相互看看，再看小杨，目光中就夹了些怜悯。

"没答案，还当老师啊？"那胖女生又逼问了一句，声音不很大，但字字清晰。

小杨扶着桌子，似乎怕自己会倒下。"我的确没答案，我也可以不当这个老师了……我只能说,如果曹雪芹听过我的写作课,他会写得更加完美些。"

学生们终于大笑了,自然是嘲笑。胖女生笑得眼泪都淌出来了。她好容易歇口气,拍着课本喊:"举出个例子来!"

"好吧。"小杨再叹口气,似乎是下了很大的决心,"曹雪芹要是听过我的课,就不会把板儿说成王熙凤的侄儿了。"

"那该是什么?侄女吗?"

很多人又想笑,却又暂忍了,且等着。

"是侄孙。"

"凭什么?"

"板儿的爹是狗儿,狗儿的爹是王成,王成的爹跟王熙凤的爷爷连了宗,认作是侄儿……你自己去推算吧。"

胖女生愤愤道:"那其他老师咋不说?"

"他们看了,但是没看见。"

"那你从前咋不说?"

"我为贤者讳,比你有教养。"

胖女生把拳头和脸都拧成了大疙瘩,瞪着小杨。小杨迎着她的目光,微笑着。

第二十一章 小东门

一

五教外一溜弧形台阶,下过雨,还湿湿的,小杨一脚踏滑了,猛听有人喊:"杨老师!"鞋后跟再一偏,她啊呀,啊呀地叫着,身子侧翻了出去——

一双手伸出来,把她接住了,再横抱在臂弯里,画了半个圆,轻轻放还在地上。

"王桐!你不是躲在乡下吗?"

"可也不能总躲啊,我又不是老鼠。"

"你要是老鼠,准是米老鼠,总惹事,什么都不怕。"

"老师骂学生是老鼠?你欠我两次道歉了。"

小杨心里有气,愤然道:"我不欠你。"

王桐莞尔一笑。"好嘛,不欠,不欠,是我让你受惊了。"

小杨推开她,大步就走。王桐腿长,不疾不徐,步步跟她齐平。"去哪儿呢,杨老师?"

紫藤下的长椅,也是湿湿的,小杨一屁股就坐了上去。"歇口气。"她说。把鞋脱了,袜也脱了,光生生的脚,吹在冷风中。"好舒服哦……"闭上眼,自言自语。

王桐挨着坐下来,把她的光脚捞起,放在自己的腿上。"你的脚肿了。"

"少管。"小杨抖了抖,想把脚拿回来,但没成功。

"别这样,没风度,好多人在看啊。"学生们从路边走向食堂，都诧异地看着这一对。走过去了，还回头再看看。

"你回头率好高哦。"王桐说。

小杨气得笑起来。"我就是被你们气的，脚都气肿了。"

"还有脚被气肿的？"

"我肺都气炸了，还不把脚气肿？"

"还好还好，脚没炸。"王桐笑着，两手在小杨脚上揉过来、捏过去，"气顺了吧？"

小杨小心地把脚抽回来，穿上袜子，插回鞋里，站了起来。"我吃饭去了，你也回去吧。"

"好啊，我们一起去吃饭。"

小杨厌恶地指了指她的手："吃饭？这么脏。"

"我从小打排球，这算什么脏？"

二

出了南校门，饭馆都被大学生、中学生坐满了。

小杨说，我们先去买两杯柠檬水，多等等。

"不，跟这些娃娃挤在一起，好掉价。"王桐拉了小杨，绕学校围墙转了小半圈,到了小东门。这儿就静多了。

小东门内,两排旧楼对峙,形成条小"峡谷"。一棵颤巍巍的皂荚树,被雷劈焦了一半,另一半倒还苍郁郁的,挂满了焦黑的皂荚。底楼一扇窗户,有个数学系老教授的遗孀早晨卖稀饭、馒头,中午卖豆豉炒饭、豆豉鱼炒饭、豆豉鱼炒青椒,晚上卖馒头、稀饭。小桌小凳就摆在墙根沿,生意是清淡的,却总有几个人沉默地吃着,喝着。

几步外,一个老太婆脚边放个背篼,在卖金盏菊、银盏菊、勿忘我,花蔫了,她也蔫了,手里捏了只发黄的矿泉水瓶子,头耷在胸前,睡着了。小杨见了,暗笑,我在教师休息室,就是这个样子吧。

她过去放了五元钱,转身就走。

老太婆突然大叫:"你的花!"

王桐替她拣了一枝勿忘我,随手插进筷筒里。"也是个念想嘛,杨老师。"

小杨心口一酸,勉强笑了笑。"这种笑,一般说来都是空洞的。"王桐说。

"你是有实际体验啰?"

"这倒是。不过，属于单相思。"

"相思谁？"

"一个老师。"王桐清了清嗓子，又喝了口淡而无味的餐前茶，再把杯子斟满了，嘴角挂着一丝难以捉摸的笑意。

小杨呆呆地等着。

王桐说："高中教我们语文的，一个四十多岁的男人。"

小杨莫名其妙地吐了一口气。

"博学多才，口吐莲花，我喜欢过他一学期。"

"咋才一学期，是嫌他已结婚？太老？而且还没有多少钱？"

"这倒还不是。是我母亲开了家长会回来，一个劲跟我夸这个老师风度好、长相好。"

"咋个好法呢？"

"富富态态的！"

小杨一口茶喷在了王桐的脸上。

王桐边抹脸上的水，边嚷："我最恨哪个男人富富态态了。"小杨笑着撕了卷筒纸递给她，她拿手机当镜子照了照。"我还是去趟厕所吧。"

两盘饭上桌了，王桐久去未回，小杨没胃口，就望着雷劈过的皂荚树出神，困意蓦然袭了上来，不觉就张嘴打了一个大大的哈欠。

一个男人走过来。"女孩子有这么打哈欠的吗？"

"咋个了？"她吃了一惊。

"也不遮遮嘴，打得旁若无人、扬扬得意的……脸都变形了。"

小杨眼里两汪泪，是哈欠打出的。"我喜欢。"她说。

"别人无所谓，你的学生肯定就难说喜欢了。有个女明星用指甲去剔牙缝里的韭菜叶，全世界都看到了，唉。你不会在讲台上也来这么一下吧？"

"那又怎么样？"她认出，他就是在农屋中烤苞谷的男人。

"招人笑。"

"这么跟女孩子说话，是相当无礼的。"

"是相当负责的。从没人提醒过你吧？"

"……"的确是这样，从没人。

自己打哈欠、打喷嚏，一直旁若无人吗？课堂上呢？

她脸红了起来。

他坐下来，声音突然变得很温和。"吃饭吧，快冷了。"

"已经冷了。"小杨噘了噘嘴。

他笑起来，看着小杨，似乎在沉思。

小杨也看着他，觉得很奇怪。他头发花白，短、坚硬；下巴上还留了些胡子楂，也是花白的。鬓角则已经雪白了。脸上很多皱纹，身子瘦得就像只剩了骨架，牛仔裤和红色套头衫，松松垮垮的，有点萎靡，但还不至于邋遢。年龄不好说，该在五十到七十岁之间？可以叫他叔叔，也可以叫他老大爷，但绝不是老师。为啥呢？小杨见过的老师，没人像他这个样子的。而他夜跑的速度和耐力，恐怕跟王桐也不相上下吧。

他的米饭上来了，还有一钵豆腐白菜汤，漂了几个油珠子，没盐没味，倒是热气腾腾。他大口吃着，极有滋味，还用铝勺连连舀汤喝下去。喝汤没声音，只看见喉头舒缓地起伏。

"你就吃这个？"小杨问。

"……"他正夹了块颤悠悠的豆腐，手一抖，断了。

这时候，王桐回来了。"吴爷！"她随口招呼了一声，坐下来，偏头看看，笑道，"今天饭量还可以嘛。"

小杨有点回不过神。"他叫吴爷？"

"不是他叫吴爷，是我叫他吴爷。"

"哦，你们很熟是不是？"

"他是我外公的朋友。"

"所以叫他吴爷爷？"

"不是吴爷爷，是吴爷。"

"咋有点黑社会……"

"黑社会那个叫舵爷，也叫舵把子。舵爷的老婆，就叫舵婆。不过，吴爷不是舵爷，他也没有老婆。对不对？"她侧脸对着吴爷。

吴爷嚼着一口青菜，嘴里呜呜两声，似乎说是，又似乎说这些跟他没关系。

小杨点点头，又问："那你外公是做啥的？"

"牙医。"

"牙医？啧啧，这辈子的经历，该相当丰富吧。"

"吴爷的经历更丰富。"王桐瞥了眼吴爷。

小杨看着王桐,期待她说下去。

但她说:"我给你看的那部中篇小说,男主人公的原型就是吴爷啊。很有意思是不是?"

小杨根本就没看。"是很有意思啊。"她假笑道。又觉得自己有一点虚伪,就补充说:"回去再看一遍。"

王桐摆摆手。"别看了。我重写了一遍,名字也变了,两个字,就叫作《初欢》。"顿了顿,她又说,"我还会再改的。"

吴爷已经吃完了,他用手背揩揩嘴角,说声"慢用",起身就走了。

老教授的遗孀系着围腰,趿着棉拖鞋从厨房追出来。"还没付钱哦!"

他指了指王桐。"都算在她账上,说好的。"

三

"感觉怎么样?"王桐问。

"什么怎么样?"小杨没听懂。

"吴爷啊。"

"哦，太瘦了，实在是……唉，太瘦了。"

"向前敲瘦骨，犹自带铜声。"

"你敲过？"

"你忘了，我小说里怎么写的啊？"

"这个嘛……小说，毕竟不能当真对不对？无中生有也是可以的。"

"可小说也是有原型的，比如贾宝玉、刘姥姥……写作老师应该知道的。"

"我算什么写作老师。"

"算什么？"

"冒牌货。"

王桐哈哈大笑。

小杨也想笑，却没笑出来，忽然涌上个疑问。"喂，你咋不去念英语系？"

王桐噘噘嘴。"英语系？老师的英语还没我好。"

"那咋要念中文系？你中文也很好嘛。"

"我算啥子好！菜市场卖菜的小妹都可以当我的老

师了。"

"哦，原来如此……你请我吃吃喝喝，因为我像卖菜的小妹啊。"

"是啊，你不高兴了？"

"我能教你啥？"

"生、辣、鲜、活。"

"哼。"

"我这么奉承你，还不高兴吗？"

"哼，哼。"

第二十二章 红泥岗

一

晚上,小杨在邮箱里查阅王桐的小说,却怎么也查不到。是随手删掉了。

吴爷的经历就藏在这部小说里。然而,这跟自己有什么关系呢？她拍拍额头，也就把它放下了。

另一件事却冒了上来：须在学期结束前，找到一份新工作。

儿童绘画班太闹了。小学也闹。中学呢，她自忖，升学压力大，何况，自己怎么去得了？

那还是小学吧。她在网上查询了本城小学老师招聘的信息，筛选之后，列出了七所可以试试的。最近的一所，居然就在眼皮下，本校的附小。

二

附小原是村小，位置在紧临罗汉坡的红泥岗，跟大学主校区隔了条灌溉渠、几亩橘子林。

岗子原是红砂岩，亿万年风化后，岩石层层剥落，化成了软泥，还是红红的。种树，树不茂盛，种草，草稀稀拉拉，红泥不吸水。但有一点好，吸血，学生打架出了血，淌在红泥上，哧溜一下就不见了。村小嘛，校风自然是很刚烈的。

罗汉坡的大学扩建后，把团转五百多亩农田都围了进去，村小自然也在其中，换招牌也就顺理成章了。但后来改制，附小划给了当地教育局管理。虽还在大学内，但附小校长却跟大学校长，平起平坐了。

大学员工的孩子进附小，也得交一笔门槛费。银奶奶的小外孙女念附小，门槛费就是老人家自掏腰包的。

这笔钱是多少，小杨不晓得，也没兴趣。她没有孩子，没有婚姻，跟春服、欢爱也隔得远。至少，比罗汉坡到红泥岗的距离，还要远多了。

三

小杨是下午三点去的附小，之前已邮件往返了两回。

午睡半小时，没睡着，就翻出自己的手记看。翻到头一回在夜里见到吴爷，有这么一句话：

> 农舍里好像藏了一口窖，他是守窖的老农民。

下边还画了一堆火，一个人在烤苞谷，这自然就是吴爷了。但没有画五官，因为那夜并没有看清楚。

现在知道了：一条鼻梁，像山脊线。两只眼睛，亮而有倦意，还有很多皱纹和白发。还有很浓的烟草味。王桐可喜欢过他吗？那么老。

小杨没时间多想了。她喝了一大杯白开水，就出门前往红泥岗，一路温习着准备好的话。

门口的黑衣保安让她报了姓名，登记在册，又用对讲机刺耳地叽里呱啦一通。

出来一个蓝衣女士，鞋跟很高，胸也挺得很高，胸牌一跳一跳。她不说话，只做了个手势，示意小杨跟她走。过了一片嵌了石板的草坪，进了走廊，再拐个弯，她敲开一扇门，又做了个手势，转身离开了。

里边也坐了位女士，灰西装，正在电脑前敲打，见了小杨，也不多话，依然做了个手势，示意你等等，就出去了。

小杨就坐下来，无聊，摸出一张纸飞飞，信手写字。再次响起高跟鞋声时，她刚好默写了两句诗：

金阙西厢叩玉扃,

转教小玉报双成。

进来的是另一位女士，红色风衣，苗条、高挑得让人吃惊。小杨坐着仰视她，不觉怯怯地嘘了口气。这该就是邮件里提到过的主任吧，很白皙，而且年轻，也挂着胸牌，胸倒是略为扁平。还戴了副没镜片的眼镜框，目光灼灼。小杨想到了王桐，不过，跟她比，王桐还是个毛孩子。

"主任好。"小杨站起来，礼貌（而谨慎）地说。

"我不是主任，不过……"女士摇摇下巴，意思这个就不必多说了。

女士手里捏着两张A4打印纸，是小杨发来的求职信和个人简历。她把小杨打量了一小会儿，用嘴角笑了笑。

小杨腋窝悄悄滴了几滴汗。

"小学比大学难教得多了，每个小学生背后还有父母、祖父母、外祖父母，对付他们，是一门大学问。至少，你给我十个你能胜任的理由吧，怎样做一名合格的小学老师呢？"

"……"

"你有信心吗?"

"说实话……"小杨迟疑着。

"当然说实话。我不是来听你说假话的。对吧?"女士又用嘴角笑了下。

"没信心。"

握手告别,女士把手伸给小杨握了握。小杨看到,她的指甲跟自己一样,也留得长长的,且涂成了亮铮铮的乌黑色,相当凛然。

第二十三章　美国梦

下了红泥岗,小杨回头望望,雪松簇拥的附小主楼、主楼上的飘飘红旗,都巍巍,而遥不可及。她想起冼半仙说的话:"菩萨道长得很。"

不觉先叹后笑,自忖:那就再说吧。

读研时的两位室友,都已回到了故乡发展。一位在企业家父亲的安排下，正和一个镇长的儿子谈恋爱，有点政商联姻的意思。

另一位也得益于父亲之力，在县农行人事科就职，做了金融界白领。

而在职读研的银行老大姐，则已平级从工会办公室转入老干科，暂时见不到升迁，就决定再给自己加点油，去财大念在职EMBA。

每个人都活得或滋润，或笃定，小杨想，就我还漂着。不过，也还漂得起，我不老，也不算很懒，大学也教了，小学也闯了，那就多闯几下吧。再不行，就回老家……哦，老家还是算了。

长夜无眠，也无聊，她就把冼半仙的事迹拼凑起来，写成一篇三千多字的散文，题为《小城一仙姑》。反复修改后，发到了省报副刊编辑的邮箱。临发前，又改名为《女邻居》。并请教编辑老师：我能否应聘贵报副刊的编辑？

多日无回音。

她想跟人说说话，无人可说。就给吴佩虎写了封邮件，把近况铺叙一番,最后写道:我走投无路之日,就到美国去投奔你们吧,给你们做不拿工资的小保姆。

当晚她梦见自己成了菲佣,骑着自行车在旧金山赶集,跟卖鸡蛋、卖葱葱蒜苗的农民讨价还价。醒了骂自己,没出息,做个美国梦还这么土。

第二十四章　火焰

一

落了两场雨,天飒飒地冷了。罗汉坡上树多,清洁工不停扫落叶,总也扫不净。课程已在收尾,小杨自忖已是要离去的人,反而把最后几堂课备得很是充分,备课本都快写满了。回头看看，又似乎全是废话，太过琐碎了，譬如，讲《孔乙己》开头一段话：

"鲁镇的酒店的格局，是和别处不同的：都是当街一个曲尺形的大柜台，柜里面预备着热水，可以随时温酒。"

她就又找了三个不同的小说开头，且故事中都写到了柜台。她还把这些柜台，一一画了出来。意在说明，我画得可能不准确，但这不是问题，重点是，每个人都可根据文字描述的细节，激活想象，历历在目。

但，几乎没学生对柜台有兴趣，吧台也许会好些。而茴香豆有啥好吃的？不如南大门外的串串香过瘾。就连王桐也趴在课桌上，乜眼望着小杨。倒是那个满额头粉刺的胖女生显得亢奋，粉刺像小灯泡，红亮亮、闪烁。小杨有点害怕，不敢看她，却又忍不住多看了两眼。

多数学生在打盹。有个戴滑雪帽的男生大嚼葱油饼，室内飘着好闻的葱油香。

突然，胖女生举手请求发言。

小杨指了一下她。

"老师，可不可以把人物也画出来？"

"这又不是美术课……"小杨保持着警惕，并扫了眼王桐，期待她关键时刻要救场。

"你不是要求我们贴着人物写吗？"

"难为你还记得到。"反正，这一切就快结束了，画就画吧。小杨画了个穿长衫站着喝酒的人。

这时，下课铃响了。"可他还没有五官啊！"胖女生指着黑板，有点急切的样子。

小杨不理她，收拾好杯子和提包，车身就走了。

走到大楼出口，有人拉了她一把！小心翼翼回过头，是王桐。

"是不是以为是孙玉凤？"王桐哈哈笑。

"谁是孙玉凤？"

"就是跟你作对的胖子啊。"

"唉，我又没惹她，凭啥跟我作对啊？"

"她崇拜褚老师，你跟褚老师作对，她就跟你作对。"

"跟褚教授作对？我哪敢。你看到过的嘛，他差点把我给吃了，我吓得打抖抖。"

"你打抖抖了吗？咋觉得你很淡定呢。可惜好戏刚开头就煞尾了，不过瘾。"王桐噘噘嘴，挽住小杨的胳膊。

小杨甩了两下，王桐却挽得更紧了。

小杨再甩。王桐说："不要没良心。哪天孙玉凤再欺负你，你想念我也晚了。"

"为啥说想念？"

"我过几天就飞洛杉矶了。"

"耍心那么大！不考试了？"

"不回来了。"

"……"小杨一阵发蒙。

"你好像有一点难过？"王桐轻声问。

"我的确有一点……惊讶。"

"我也可以不走的。"

"……为什么？"

"如果有人求我留下来。"

"谁？是不是吴爷？"小杨话一出口，自己也觉得没道理。

142

"……"轮到王桐叹了一口气。

二

她们穿过农舍边的坡道,去食堂吃晚饭。吴爷正在田里忙碌着。他穿件高领芭茅色毛衣,沾了很多黄叶、枯枝,头发乱翻翻的,黑着脸,手套也污黪黪的,只有一根系在额头的白带子,白得耀眼,令人诧异。他用一把带长柄的镰刀,把老玉米秆、豆棚架砍翻,把丝瓜、豆荚的藤蔓割断,再拿大头靴一脚一脚踢成堆。堆得差不多跟人一样高了,他又大踏步进了屋,出来时,手里多了只扁铁盒、一只火柴盒。

"他要干什么?"小杨问。

"不会干好事。"王桐说。

吴爷手晃着,把铁盒里的汽油浇完,随手挽个花,嚓地划燃火柴棍,用左手虚罩着,在傍晚的光线中,小火苗和他的黑手,宛如一个小灯笼。他眼睛被小火苗映射着,有点怜惜,和不舍。

小杨心口涌起一股热汁。王桐却哼了一声。

吴爷突然把火柴扔了出去！火焰嘭的一下腾起来。

她们站在几步外，也感觉热气流一股股有力地扑过来。吴爷却停在火堆边，还把双手伸出去，好像在抚摸着火焰。

小杨笑了下，问王桐："你喜欢过吴爷吧？像个洗手不干的教父，做隐士，过简朴生活，地窖里塞满了金银。"

"何苦讽刺他？明明是输光了的穷光蛋。"

第二十五章　农舍夜话

小杨感觉到很困,不到十点就睡了。却越睡越新鲜,再翻几个身,一点睡意也没了。她起床,喝了半杯凉开水,换了运动装,就下红砖楼跑步去。

跑上盘陀道,到了毛主席挥手的塑像前,向下望望,洼地中吴爷的农舍,还亮着光,却不像灯光,明明暗暗,屋顶瓦缝中还有烟子冒出来。

她摸下坡,从铲割后的田地穿过去,玉米秆、竹竿、藤蔓的灰烬,弄脏了她的橘红色球鞋。

农舍里燃着一炉火。吴爷和衣蜷在沙发上,打着均匀的呼噜。地上扔了几本旧书。小杨蹲下去,把它们捡起来。书都很旧,页子卷角,封面发皱,其中一本是《静静的顿河》第四卷,繁体、竖排,红墨水钢笔画了若干的重点,笔迹也是陈年的,批注倒是一个没有。其他的,则是赫尔岑《往事与随想》、涅克拉索夫《谁在俄罗斯能过好日子》、车尔尼雪夫斯基《怎么办?》……中国的书只有一本,陆游的《老学庵笔记》。

火盆边有口小锅,里边半锅清水。

小杨就盘腿坐地上,翻着《老学庵笔记》,等吴爷醒。这书还算有趣,她古文不大好,但随翻随读,也就读了进去。读到某段,突然哈哈大笑!

吴爷惊得跳起来。"起火了?!"

小杨淡淡说:"是火神爷被火烧得喊妈妈。"

吴爷吐出一口气，"扯淡……"倒下去又睡。

小杨揪住他的头发，硬把他拖了起来。他头一歪，靠在她的肩膀上。

她鼻子里有股好闻的烟草味。

"把你的烟拿出来，我想抽两口。"

"你抽烟？"

"也不是，其实就想多闻闻。"

"我没烟……好多年都不抽烟了。"他把身子坐正了。

小杨把鼻子凑过去，闻他的头发、领子。"我不信。"

"不信算了，别像王桐，烦人……"他说着又往沙发上蜷。

小杨再次把他揪起来。

"王桐要去美国了。"

"才去啊……说了两年了。"

"她写了个小说，好几万字，主人公原型就是你。你这儿有没有？"

"从没有听说过。"

"你不想看看吗？"

吴爷摇摇头，拿只搪瓷杯，去锅里舀了杯水，缓缓喝下去，惬意地舒了一口气。

"不怕她把你写成了个坏老头？"

"我本来就是坏老头。"

"她说你是输光了的穷光蛋。"

"哦……"

"你不反对？"

"她说得够客气的了。"

"你是在麻将桌上赌，还是在澳门、拉斯维加斯赌？"

吴爷很深地看了她一眼，脸上浮出温和、体贴的笑。"听说你是个作家，还这么没有想象力。"

"我不是作家。"小杨抗议。

"我以为你比王桐高一辈，结果你还像从前的小王桐。"

"……"

"你晓得这些又有什么意义呢？"

小杨想想，也觉得可笑，啥意义也没有。"好奇。"

吴爷又喝了一杯水。"好吧，好奇。明天我带你进城去转转，喝碗盖碗茶，摆摆龙门阵。"

"明天不行，我有课。"

吴爷嘿嘿两声。"一下就傲起来了？"

小杨赶紧摆手。"不是不是。后天吧，啊？"

第二十六章　七角亭

一

这节课是答疑，上得无精打采的，教室空空，坐了稀落落十几个学生。王桐没来，孙玉凤也没有来。小杨不停喝水，喝完了，也不说抱歉，就径直走到休息室续水。每次回来，学生又少了两三个。这让她颇惊讶，居然还有留下的人。

但没人提问题。小杨就坐着读《诗经详注》，也写了两小段手记。教室静静的，偶尔有人咳个嗽，轰轰响。她读困了，揉眼睛，起身说道，再讲讲小说的结尾吧。

她说，人们都说结尾是最难写的，比万事开头难的那个开头，还要难很多。然而不然，以我多年的研究来看，说难也不难。我教同学们一个好办法，就是小说完成定稿后，在投出去的前一秒，删掉最后的一段。

"为什么？"下边五六双眼睛，写满了疑惑。

"因为，写东西的人，个个喜欢画蛇添足。把足删了，蛇也就完美了。"

讲完，她率先哈哈大笑。下边有稀落落的笑声回应她，哈，哈，哈。

笑声停下来，她补充了一句："估计在座各位今后不会写小说，我也不会写，所以我讲了也是白讲了。"

静了片刻，有人叫起来："杨老师画蛇添足！"继而又是笑。小杨跟着笑，还拍了拍桌子。

二

出了教学楼,太阳黄澄澄的,罗汉坡上的树子,青石板小路,都有了些暖意。光秃的枝干,站了麻雀,十分萧闲。小杨想,这么好的天气,要是跟吴爷进城喝茶,该多舒服。反正那么多人逃课……不过,最终留下的几个,也还值得跟他们再做一回师生吧。

转过楼的东侧,是一片桃林,遥见林中一座七角亭。何以是七角?也许当初多造了一角或少造了一角吧,管他呢。柱上刻了两个黑底金字:"致远。"是发愤或约会的好去处。平日小杨经过,故意绕开了走。这会儿却想进去坐一坐。

但七角亭里,已塞满了人,是一大家:父亲、母亲、一对双胞胎娃娃,还有一个小保姆。父亲斜在美人靠上,叼着大烟斗,像模像样地,读一本黑色硬壳的精装书。母亲在翻一本花花绿绿的杂志。小保姆和娃娃在玩皮球。

那父亲一抬头,竟是褚兆聿。

小杨吓了一跳，转身就走。"杨老师！"褚兆聿的喊声，就像他的手，有力地把她扯了回来。

褚兆聿满面春风，嘴里呼着残留的酒气，向小杨介绍他的夫人和孩子。夫人年轻、苗条，戴着没镜片的眼镜框，嘴角漾出一点没温度的笑："找到合适的地方了吧？"小杨哈哈大笑，今天下午真是笑顺了。这位夫人，就是附小那个很像主任，却不是主任的女士。

小杨笑而不答，把主动权留给了自己。

那对双胞胎，约莫四五岁，酷似褚兆聿，卷发、阔嘴、茁壮。小保姆，小杨已不惊讶了，就是逃课的孙玉凤。

褚兆聿以更大的笑声，盖过了小杨。他说："在哪儿摔倒就在哪儿爬起来，年轻人！不要当逃兵。"

小杨保持着微笑。"我摔倒了吗？……不觉得呢。"

"那你到附小去干什么？"

"哦，闷得慌，开个玩笑吧。"

她把目光移到夫人，用嘴角假笑了一下，慢慢走开了。

背后一声闷响，好像是皮球砸了谁，双胞胎一齐大哭了起来。

出桃林，绕过缓坡，弯进一条窄窄的竹径：小杨看见褚兆聿正堵住她的路。

他可能是从另一头飞跑过来的，嘴里吭哧有声，跟头一次见到很相似，虎背熊腰，满脸油汗，像个杀猪的。

小杨淡然地看着他。

"你不要跑。"

"跑的人是你啊，褚老师。"

"你可能误会了我，我不是你的拦路虎。"

"你是虎吗？这倒没有看出来。"

"好吧……我不会做你的拦路石。"

"那麻烦你让让。"

褚兆聿一把揪住她的胳膊。"好瘦！信不信，我可以把你举起来，扔到山坡那边去？"

小杨把另一只手放到他的手背上，指甲一拉，暴出三条鲜血。

褚兆聿丢了手，啊啊叫起来。小杨笑了笑，从他身边侧身穿过去。

第二十七章 银奶奶的儿子

一

晚饭后,小杨心情莫名地好。就从门后摘了长毛笔,提一罐子清水,去图书馆前写大字。

先写了杜甫的《赠卫八处士》,又写《丹青引赠曹将军霸》,这是她最近刚能背熟的。诗有点长,四十句,她先写了几行楷书,瞥见天光渐暗,怕写不完了,就换成行书,不觉又变成草书,到了末尾"但看古来盛名下,终日坎壈缠其身",简直成了狂草。

这时候,听到高跟鞋敲打石板的声音,急促而清脆。王桐提着包,一阵风似的,穿过了小广场。她两眼直视,没有看见小杨。小杨也没有叫她,目送她走远了,成了个影子,不见了。

其实,天光还亮,小杨回看石板上的字,多半的水迹已干,最后一句草得啊,根本认不出写的是啥字。

嘿嘿嘿,她笑了起来,始觉手臂酸痛,背心沁了一汪汗。

人渐渐多了起来,银奶奶也来散步了。陪她散步的,是她的儿子。

二

银奶奶给儿子介绍了小杨,还夸:"她毛笔字写得好。"儿子点头,向下看了看,却一个字迹也不见了。小杨笑了笑，大意是惭愧和抱歉。

她跟银奶奶的儿子，还是头一次见面。银奶奶指着儿子，叹了一口气。"小荣忙得很，回来开会，顺便看看我。"

"小荣哥好。"小杨微笑道。

"我全名曾子荣。"曾子荣也礼貌微笑，点点头。

小杨看得出，他是个严肃的年轻人，瘦小，脸也很小，黑框眼镜几乎占了他脸部的一半。而且，他走路时还有点轻微的瘸，走得很慢，以把这点瘸降到最低。

小杨心里有点难过，刻意抬高下巴，不去看他的脚。"老师说，小荣哥是做证券的？"

他又点点头。银奶奶替儿子补充："小荣是哈工大毕业的，本该去造核潜艇，他改了行。我说学门本事不容易，咋说丢就丢了？他说，没改行，证券业就是世界的潜水艇。你说逗不逗！"银奶奶被自己说笑了，小杨也笑了，还有这说法。她又看了一眼曾子荣。

曾子荣似乎没听到这师生俩的笑。他盯着小杨的罐子看了好一会儿，又蹲下来，拿指头敲了敲。"可以让我看看罐底吗？"

"当然可以啊。"小杨马上把水倒掉了。

罐底刻了两行小字,曾子荣用指头抹了抹,轻声读出来,但就像唇语,小杨根本听不到。

银奶奶看着儿子,眼里漾出慈爱和崇拜。

"怎么了?"小杨颇有点不解。

曾子荣依然蹲着,没说话。

"小荣懂这个。"银奶奶替儿子答了一句。

小杨赶紧点头,笑道:"核潜艇都搞得懂,这个还消说。"

曾子荣终于提着罐子,起了身。他清了下嗓子,斟酌着字句,很礼貌地问小杨:"如果可以的话,我想把它借回家,欣赏两三天。可以不?我妈妈可以给我做担保……如果不放心,也没有什么,我可以理解的。总之,千万别为难,啊?"

"当然可以啊。"小杨依然那句话。想想,又补充了一句:"这有什么为难的。"

"谢谢你信任我妈妈,也信任我。"

"我上罗汉坡三四年了,最信任的就是导师啊。"

曾子荣诚恳点头。银奶奶拍了拍小杨的脑袋,呵呵地笑。

第二十八章　下坡进城

一

下了公交车，正飘小雨。天一早就阴着，后来有了雾，雨点落下来，又砸起些灰尘味。老城区，街窄，很多车在这一带磨蹭，尾气沉瀣，刹车灯红红黑黑，上午十点已颇像傍晚下班的光景了。吴爷走在前,小杨落后两小步。他穿了件很旧的夹克,围了黑围巾,戴顶咖啡色的方格子鸭舌帽,都是过时货,但因为瘦,背后看,有两分像个年轻人。

她脚下加快,和吴爷并排着。

"怕走丢了啊?"吴爷说。"哼哼……"小杨含含糊糊。侧脑袋偷偷瞟了瞟,吴爷脸色苍白,皱纹密布,花白胡楂也乱糟糟的,跟这个糟糕的天气很搭配。

还有,吴爷的模样很像个外乡人,却又走得熟门熟路的,一点不犹豫。经过一条小巷子,他朝里指了下。"我小时候就住这儿……也不算小了,十九岁以前吧。"

小杨看看,像条半截巷,进深约百米,两扇青灰铁皮门,门里挤着一大堆四层、六层的旧楼房。窗口防护栏大多生了锈,墙上留着雨水抽打的鞭痕。一大块蓝底白字的门牌号:

贡米巷 27 号

"……"就这儿？小杨纳闷。

"从前是七八个小院串起来的机关家属院，百多户人，青瓦木屋，带木格花窗，家家门口一个花坛，树也很多，核桃树、构树、石榴树、樱桃树。皂荚树最老，就长在张伯伯家的厨房里，直径五六尺，树上挂了马蜂窝，起码有十个篮球大……最右边小院里，有片白果林，一幢小洋楼，是个旧军阀的老宅，他名字叫……"他拍拍脑门，摇头笑笑。

"我陪你进去看看吧？"

"哦，不了。拆平房建楼后，我巴不得从没进去过。"

"是怕记忆被破坏吗？我真想进去看看呢。"

"我们走吧。"

小杨眼巴巴望着27号的铁灰门。吴爷拍拍她的肩膀，她不动，他就揽住她的肩膀，把她揽走了。

走过一二百米的灰砖院墙，闪出一座大门。门口有当兵的站着，别了短枪。

"这又是哪儿呢？"小杨问

"机关大院，小时候耍的地方。"吴爷不停步子。

小杨被揽着,边走边回头。

故址,她想到了两个字。

二

故址门前的大街,车流更堵了。吴爷甩开双腿,小杨拉着他的衣角,两人像猫一样,穿过灰霾,到达对面的又一个巷口。小杨还没看清路牌,吴爷已走出一长截,赶紧追上去。再过几条横七竖八的小街,车辆依然多得打堆。临街的小面馆、小饭馆热气腾腾,有人坐着吃喝,也不晓得是晚早饭,还是早午饭。

吴爷不时跺下脚,咕哝:"这儿从前是御河。""御河?笑话。那不挨皇宫很近了吗?"吴爷不理会,又咕哝:"从前静得打鬼,现在……""现在怎么了?"吴爷不说话,又走。

街沿上的人群更加密集了。路过证券交易所的大门,里边坐满了在看屏幕的人。屏幕上一片绿色,有如春意盎然。还有脸色铁青的股民在门口抽烟,打手机。一个露了黄板牙的老太婆在骂:"妈卖×哦!妈卖×!"

小杨盯着她看,觉得有趣。

吴爷把小杨的肩膀扳了一下。她侧过身子,看见街对面一长溜灰砖矮墙,中央也开了两扇门,考究而又朴素,门楣上有块匾,匾上五个字,却看不出是做啥的。"不是王府吧?""天主大教堂。""很不像啊!""拿哥特式跟它比,也的确是很不像。"

教堂里边,一条石板路伸进去,穿过几间庭院和天井,汇入一座穹庐式的瓦棚下,瓦棚的尽头,是三扇掩上的拱门,门外,立着一尊白色的雕像。太远了,小杨看不清。她跨过一个天井,又进了一座院子,左右望望,各是一长排灰墙黑门的房屋,楠木柱子等距排列着,仿佛无穷尽在延伸,看不到消失点。

很多挺直的棕榈树,高过屋脊,在高处沉默。有风吹过,她莫名有点愀然,回头一望,吴爷还在大门外,像一帧小小剪纸人儿,弓着背看手表。许多的人影,在门洞口飞鸟似的掠过。

雨已经停了，地上还湿着。

她想喊一声，一张口却发现嗓子涩，只好走了出去。

"你又是怕记忆被破坏？"

"我没啥记忆好保存。懒得进去。"

"从没进去过？"

"那倒不是。教堂的西院在'文革'中做了机关行政处仓库，我有个女同学的父亲是保管员，全家就住在教堂里，我去看过她母亲种的豇豆、茄子、海椒……还有猫、狗，一大群的鸡，简直就像陶渊明。"

"陶渊明经常都饿饭。"

"那，他们是不饿饭的陶渊明。还有个男同学住东院，他父亲是部队的，不晓得咋回事，也是全家住在两间屋子里，红漆地板，被子、床单、茶杯、碗，全是绿色的，墙雪白，贴着领袖像，我去过一趟，坐不住，两分钟就走了。"

"两个男女同学，正好多走动，加深些那个……上帝也会特许的。"

"可两人从没在教堂里碰见过。"

"为啥？"

"太大了，太荒了，到处长满了荒草。"

"太懒了，太惰性了，太没情趣了。"

"哈哈哈！"

"我已经，太饿了。"

吴爷用奇怪的眼光看了看小杨，浮出亲切的微笑，也有点像假笑。"我带你去个内部小馆子，放开吃。"

第二十九章　大蒜鲢鱼

一

绕着大教堂转了好久,拐进条小巷。巷子窄得像条缝,没铺面,没人家,是两排相对的院墙。墙里,拥挤着旧的水泥楼。小杨估算,这巷子两架自行车相错都勉强。却又极安静，较远处有年轻人在拍婚纱照，灰霾中闪着几团白，像梦游，然而是更静了。

墙上有一扇生锈的铁栅栏，该是小侧门，吴爷一推就开了，传出有气无力的锈铁声。小杨拉着他的衣角跟进去。

楼群空隙处，立着许多古树，一色的银杏，合抱粗，树叶落光了，枝丫峥嵘，挂着哪年哪月的风筝、裤衩、破棉袄。地上停满了自行车、偏斗车、火三轮、电摩托。不时有穿得单薄，脸色红通通的壮汉、妇人，轩昂而至，倏尔不见，小杨见了，脑子有点晕。

"从前这叫白果林，是机关第二家属院。"

"……家属院？吴爷你在说笑吧。"

"家属早都搬走了，住的都是小老板、务工者、骗子，和将要被骗的人。我在这儿租房住过一年多。"

"你算骗还是被骗呢？"

吴爷不接话。转到楼群中心，有块小空坝。坝子边，一排黑乎乎的平房，宽长的屋檐下，摆了四五张大方桌，十几把油汪汪竹椅，都还闲着。

两人各拖了椅子坐下，嘎吱响得又惬意又心酸。吴爷说，这儿从前是家属食堂，几十年不倒，层层转包出去，生意不算兴旺，但熟客总会循着香味回来。鱼翅海参没有，家常味道是可口的，要紧的是成本低，不上税，价格只比职工食堂略贵一点点。说着，就冲厨房里叫了两道菜：

"大蒜鲢鱼、青菜豆腐汤！"

没有人回应。小杨正要帮他再叫一遍，忽然传来抽油烟机的怒吼，仿佛跑火车。

"他们动作快得很，不担心。"吴爷笑笑。

"我倒是担心你，骗了还是被骗了？"

"我做生意被骗了，在这儿租房子，是为了躲债主。有两个月连饭钱都摸不出，就在这食堂赊账吃。泛泛而言，也算骗吃骗喝吧。"

"人家凭啥赊给你？"

"那两年承包食堂的，是我高中同学的嫂子。"

"咋不住到贡米巷呢，那才是你的老家啊。"

"那儿熟人多，我不是在躲嘛。"

他咂了咂嘴巴，又说："前妻和女儿还住在我母亲的屋里，是当初拆迁赔偿的。"

"那你母亲呢？"

"已经走了。"

"走哪儿去了呢？老太太很老了吧。"

"走了就是老了。"

"是该很老了啊。"

"老了，就是死了。"

"……"她终于想起，古书上说，皇帝死了就是大行了。老百姓死了，自然就只是走了而已。

二

鱼和豆腐端上来了，盛在两只碰得坑坑洼洼的铝盆里。吴爷嘀咕了一句："有点葱花就好了。"随即无言，两人埋头大吃。

因为一时无话，就吃得格外仔细，盘子里剩下一副完整的鱼骨头，活像地下出土的鱼化石。豆腐也吃干净了，汤还有半寸深，漂着最后半片青菜叶。小杨打了大饱嗝，喷出一股蒜气，好不舒服。突然，赶紧用手背捂住嘴。

吴爷说:"晚了。也没啥,反正你打哈欠也是旁若无人的。"

小杨脸一红,假笑了几声。"哈哈哈!"笑声刚落,突然话锋一转,"这顿饭是你请我,还是AA呢?"

"我请你。如果你坚持AA,我也不反对。"

"你欠了半辈子的债还没完吗?"

"是欠了一辈子。债还在,息也不会停,就像胖子身上的赘肉,一起长。"

"那么多?"

"我做房地产合伙人、酒厂合伙人、股票合伙人……都赔得莫名其妙的。后来开火锅楼,生意火得不得了,顾客要在门口排长队,结果还是亏。王桐的外公不信,还问过我,是不是把公斤秤当成了市斤秤?"

"就没想做点别的事?"

"写了一部游记,找不到人出版。"

"王桐说你是输光的穷光蛋,还有心到处耍,到底不是常人。"

"是个女孩约我上路的。她家三代都是民族资本家,却对红色年代的一切都十二万分有兴趣,初中时给自己改名字叫红旗，打羽毛球、画油画、拉手风琴，属于风格非常强烈的那一路……"说着，吴爷眼睛有点恍然，"她说，我们从瑞金骑车到延安吧，重走二万五千里长征路。"

"一定长得很漂亮，是不是？"

"红旗的脸非常窄，像把刀，头发留成马尾巴，回头一笑的时候，真让人……"

"……"小杨觉得自己屏住了呼吸。

"过目难忘。"吴爷说完，眼睛在层层皱褶中，陷入很深的回想。

小杨不说话。

"走吧，我请你去喝盖碗茶。"吴爷把思绪收回来。

"改天吧，我有点累了，再说，茶钱也是一笔钱。今天就算你欠我的，反正，你欠的烂债、情债也多得很。"小杨假笑着，叫来食堂伙计，把两个AA的饭钱都付了。

三

钻进公交车之前，吴爷朝上指了指。"喜来登！下边那块地，原来是王桐外公的私家大院子。"

"你虽是个穷光蛋，结交的倒都是民族资本家。"

"跟资本家没关系。他是个牙医，从德国回来的。'文革'后落实政策，我父亲给他帮过点小忙，他就说，欢迎你儿子到我家里来借书。他有两间大书房，哲学书、色情小说都不缺。"

小杨不说话。她呆想，资本家和民族资本家，有啥区别呢？色，为啥不等同于颜色的色？人死了，为啥总要用很多废话来掩饰"死"这个字？城中心一个院落，拆迁的赔偿费，怕是要用船装吧？小时候，她特别爱吃蔬菜，姐姐就笑她是菜船。菜是用船载的，从江对岸运进小县城。

坐在摇晃的公交车上，随便想想，也是很有意思的，因为想不通，就可以一直想下去。

吴爷站着，手吊着吊环，身子轻得像一把稻草。

第三十章　朱砂印

过了两天,银奶奶给小杨打电话。"本来啊,小荣和我是想上门还罐子的,也和你多聊聊,可你那儿太窄了。你过来吃晚饭吧,我弄两个家常菜。"

银奶奶的女儿回家时,小杨去吃过几回饭,气氛不拘束,马上就应了。她先去南大门外小花店,买了一把新鲜龙爪菊。

门一推就开了,银奶奶在厨房里忙着。她吼了声:"我快了,你们先聊着。"然而,客厅里并没有人。那只青花罐子,郑重地摆放在茶几中心,且被细心擦拭过,发出好看的光泽。

小杨把菊花插进去,又抱到洗手间灌了半罐水。曾子荣趿着拖鞋从书房出来了。他刚才在电脑上查看业务报告。

菜随即就上了桌子。的确是家常菜,但远不止两个,回锅肉、麻婆豆腐、凉拌三丝……都是小杨爱吃的。银奶奶还开了一瓶啤酒。"小荣平日不喝酒的,但今天高兴了,喝两杯。这次回来,诸事顺利,还有意外之喜。来,碰一下!"

银奶奶和小杨各喝了一大口。曾子荣喝了小半口,像沉思着想说什么,但一直没有说。倒是师生俩摆了些闲话,譬如老师如何漏题、阅卷时五十九分该不该添一分。

晚饭很快就吃完了。银奶奶坚决不让小杨帮忙收拾。"你们年轻人多聊聊。"

聊啥呢,小杨暗笑,曾子荣像一个哑巴加半个聋子。

沉默是难熬的，她没话找话。"做证券，很不容易吧？"

"还好，跟数字打交道，比较简单。"他嗓音很低。

小杨马上想到了铺天盖地的数字，头皮发麻。"我最怕数字了，小学起，只要考数学，头天准失眠。"

"每个人都有怕的，怕的不一样。"他轻声笑了笑。小杨听出，笑声里有友善和包容，心里不觉热了热。

"那你怕啥呢？"小杨问。他不吭声，像在思索，良久，说："怕我妈妈不开心。"

轮到小杨沉默了。自己的爸、妈开心吗？是想过的，可是想得少。

沉默像一只球，这回掷到了曾子荣手上。然而，他坚决不担负义务。小杨只好再次开口了。"那，你妈妈开心吗？"

"你说呢，她跟你在一起时间多。"

小杨答不出来，就换了个话题。"除了证券、数字，你还做点别的吗？我说的是爱好，比如，我会写写字。"

曾子荣瞟了眼瓷罐里的菊花。"你很了不起。"

"哪里，我写得还很一般呢。"

"我是说你的眼光。"

"……"

"这罐子。"他伸出一根指头,如一截乌木筷,敲在罐子上,几乎没声音。他下手非常轻。

"这件假古董?"

"是古董。我业余就是玩古董的……里边水很深。"

小杨觉得是个笑话,可曾子荣根本不像个讲笑话的人。

"值钱吗?"

"很多钱。"

小杨哈哈大笑,也不晓得为啥笑,笑声在客厅中嗡嗡回响。"够买小户型的首付吗?"

曾子荣久久不吭声,就像受到了触犯。"算了!"小杨觉得无趣,拍拍桌子,站起来就想告辞。这顿饭吃得累。

"买套小别墅,也够了。"他盯着茶几表面,轻声,像在认错,吞吞吐吐,"也许,还有剩。"唯其如此,他的话,不像是谎话。

小杨心跳加快,但还是稳住了。"凭啥呢?"

"我这两个晚上都在研究……"

"你？"

"我在这一行泡很久了。"

"哦，你说这里边水很深？"

"你忘了，我的专业本来就是造潜艇。"这是他头一回幽默吧?

银奶奶已无声无息回到了客厅。她拍拍小杨的肩，让她坐回沙发上。"小荣还想开家古董店，说让我管理，我哪懂。"

小杨摇摇头。"这种事，我还是不相信。"

曾子荣把菊花抽出来，扔在一边，把罐子举过头顶。"你看看，这儿还烧了枚朱砂印，是明代成化官窑出品的。"

朱砂印，已不很红了，但还留着烧烫的痕迹。小杨突然心头一痛。"看了我也不会懂！"菊花根部的水在茶几上流，一汪、一汪乱流。

银奶奶说："小荣眼神准，从没看错过，不然，不会做到公司总监了。"

小杨缓过气来。瞟了眼曾子荣，他的眼睛在黑框眼镜后，灵火般闪烁了一瞬。"小荣的意思，这罐子如果你要卖，他愿意收。"银奶奶替儿子把话点明了。

客厅里好一阵沉默。

还是银奶奶话多。"我过一阵就去深圳了,想跟小荣一块儿过……那边就是热得很。"

"哦,是去抱孙子吧,管他热不热。"小杨笑了笑。

"我倒是想抱孙子,可儿媳妇还没影子呢。"银奶奶也笑了,目光在小杨身上停留了小一会儿。小杨莫名尴尬,有点不自在。

好在,曾子荣及时把尴尬打破了。他的声音,依然是礼貌、平静的:"多考虑一下吧,我可以理解。今后要卖,请你首选我。"

"我……"小杨头晕晕的,还有点回不过神,"我好生想一想。"

第三十一章 前往龙背山

一

期末考试开始了，罗汉坡有了紧张的寂静。就连平日沉迷吃喝、泡网吧的大耍家，也突击研发作弊利器，譬如，把老师漏的题，请考霸们做好（请一顿火锅），再用极小、极细的字迹誊抄在方寸纸片上，订成一册，宛如古代信徒贴身的经书，挟带进考场。

小杨读研时参加过监考，给一位资料员做副手。资料员白发没几根了，背也是佝偻的，却目光如游隼，一抓一个准。起码五六个学生被取消了考试资格，哭兮兮、气哼哼，又羞又恼。这让小杨惊骇。她一眼望过去，咋满堂都是勤奋答题的好孩子呢？

教研室本学期最后一次活动，安排在龙背山的农家乐吃火锅，有点团年饭的意思。老师、家属分乘四五辆小车前往。小杨被卢主任叫上他的白色现代，坐在他背后。

副驾坐了焦小琥教授。相对于这个职称，她算是比较年轻的，且在校外与人合开了华山堂，是知名培训中心，旗下有八家培训点，重在辅导中考、高考。华山堂，取意"自古华山一条路"，攀登者总能上顶峰。

焦小琥很忙，教研室活动一般不参加。但她说，今天是家宴，再忙也得来。

曾有老师跟她开玩笑："你游艇都买得起，何苦还要节省一辆车的钱？"她也笑答："世上人各有命，有人是开车的命,有人是坐车的命。你说呢?"还能说什么。焦小琥离了婚,女儿跟外公、外婆生活。她自己不开车,打车、搭车,据说还有专职司机,但尚未确认。

焦小琥坐在卢主任身边,裹着长过膝盖的红色羽绒服,十分惹眼。她健谈,也明快,一直和他讨论写作心理学问题,反复提到一个叫约瑟芬娜·冯·斯特林尔迪克的教育家,并可以大段引述其著作。她父亲做过教育学研究所所长,幼承庭训,家学是厚实的。

焦小琥的话,小杨从没听说过,遂蜷在座位上,大气不出,假寐。

二

龙背山距罗汉坡二十余公里。远古时候,东海龙王登陆云游,爱这块平原的坦荡,就躺下睡个觉。一睡没醒,身子变成了山。因为是躺下的,只能算丘陵,陵上植满柏树,绵延二百里,横亘在这座城市的北边。

他们要去的农家乐,就在公路入山的谷口。有雨点落在挡风玻璃上，继而还夹了些飘飞的雪花。

焦小琥感慨道："雪是吉兆，大家都有钱挣了。"

卢主任侧脸瞟了她一眼。"你还没有挣够啊？"

"你该去问比尔·盖茨啊。很多时候，钱并不是钱。"

"再不是钱，也不会是纸吧。"

"这就是现象学？俗。"

"是现象，不是现象学。"

"俗的是我。我每天眼见的，一切皆是现象。说实话，你真该来帮我，做华山堂的大总管。"

卢主任哼哼了两声。

"我晓得请不动你，你是有学术野心的家伙。不过，钱虽是俗物，却能帮助人跨过好几道门槛，约瑟芬娜·冯·斯特林尔迪克曾这么表述过……"

卢主任一踩急刹！三个人差点弹起来。小杨的头撞在前排的椅背上，痛死了。一只小山羊横穿过公路。

焦小琥倒很镇定，像啥也没发生，但把约瑟芬娜·冯·斯特林尔迪克丢开了。"华山堂有个小青年，师专毕业，但教得好，也很拼，来了才两年，我就提升他做了一个培训点的主管。"

"哦，那跟小杨老师差不多年龄吧。"

"年龄差不多，差距是有的，校长和老师。"

"嚯，校长！"卢主任笑了笑。

焦小琥很是不满。"这么一笑，就浅了。他挣的钱，比你多。培训点相当于分校，同事、家长年龄都比他大，但个个尊敬他，叫他蒋校长。"

"你误会了。蒋校长这种年轻人，我一直是很欣赏的。"

"他那么拼，说是要为父亲争一口气。"

"他父亲是做什么的？"

"村小的校长。"

"我姑父也做过村小的校长，很受人尊重的。"

"可惜三十多岁就死了。他说是累死的，他哥说是病死的。他骂他哥是糊涂虫。"

"他哥也在华山堂当老师？"

"他哥是锁匠。他让他哥来省城，给华山堂跑招生。你可能不懂，招生的分成相当高。"

"我再不懂，猜也能猜到。"

"他哥进了城,可还是只愿意当锁匠。"焦小琥叹了一口气。

卢主任也叹了一口气。突然,话锋一转:"如果小杨老师到华山堂做培训,你欢迎不?我说的是如果。"

小杨在打盹,一下子惊醒了。她恨不得踢卢主任一脚!焦小琥会说出什么好听的?

然而,焦小琥啥都没有说,就像没听到。

第三十二章　农门夜宴

卢主任的车开进农家乐大门，停在一口池塘边。屋檐挂了一串串彩灯，闪闪烁烁。焦小琥下了车，不胜感慨："农民都比教授还富了。"

卢主任指了指满山的柏树林，模仿本地口音说："富！山穷多柏（音 bei），人穷多虱（音 shei）。你说是不是，杨老师?"

小杨晓得他怕自己受冷落。但恨他刚才多话,就回之以沉默。

焦小琥摇头,又感慨了一下:"到处都是内向的人。"

池水清冽,点缀着若干枯荷,有野趣和季节更迭之感。但天冷,塘边坐不住,只能在屋里拼桌子。三口红锅、两口鸳鸯锅沸腾起来,肥嫩的羊肉不停夹进去,加上几个小娃娃打闹,气氛很有感染力。随车带来了两箱啤酒,又点了玉米汁、椰奶、豆奶。卢主任说:"先吃好喝好,饭后唱歌,耍晚些。喝几瓶啤酒,酒精早就挥发了。"

小杨挂在一个角角上,在红汤里夹了块西红柿,慢慢地嚼。卢主任位置不错,就在右边挤出一个座位,招手把小杨叫了过去。他左边的焦小琥笑道:"这个主任当得好,很有黑帮教父的体贴。"卢主任就假笑道:"不是教父,是小修士,为老师们服务的。"

他转而向着小杨。"咋不吃羊肉呢?龙背山的羊子,就数这个季节好。"小杨说,从小就不吃,怕膻。卢主任说:"教你个妙招,一手捏鼻子,一手动筷子,肥羊下了肚,即刻就破膻。"大家都笑了,小杨一口西红柿差点喷回火锅里。

焦小琥也笑了。"卢主任好亲民,听这么逗人的话,石头也会开花吧。"

屋子里突然静下来。连小娃都被这静骇住了,停了筷子,等着卢主任和小杨的回应。但小杨像没听见,喝了口免费茶,夹了两朵香菇到碗里,又细细品。卢主任清了好一阵喉咙,没找到合适的话,只道:"吃吧,多吃点。"

焦小琥给卢主任夹了一碗羊肉,还舀了一碗羊肉汤,又把他和自己的杯子倒满了啤酒。"我敬你!"

"敬什么?"

"有风度。"她一口喝干了。

"等会儿要开车。"他喝了半杯。

小杨放了碗筷,也给卢主任和自己倒满了啤酒。

"敬什么?"他问。

"不敬什么,高兴。"她一口干了。

他也一口干了!其实是干了一半。

焦小琥哈哈大笑。"一杯酒端得很平啊。"她给自己和小杨倒满啤酒，先一口干了，继而道，"来。"小杨笑笑，摇头不喝。

焦小琥却也不尴尬。"嗯，这也很好，量力而行嘛。听说杨老师想转到附小去当老师，有勇气，这是我一直欣赏的。拿破仑死磕滑铁卢，彻底失败。丘吉尔敦刻尔克大撒腿，却转败为胜了。这两种不同的人格，就很值得做心理学研究，然而研究得很不够。约瑟芬娜·冯·斯特林尔迪克就说过……"

"喝酒吧。"卢主任给她倒满啤酒。

她一口喝干，却又接着说："撇开约瑟芬娜·冯·斯特林尔迪克不说，说来就话长了……听说，附小不打算接受你，这也没有什么。求职是一种历练，对于强者，失败多了，教训就积累成了经验。对于弱者，路走多了，好路也踩成了烂路。我期待你是个女强者。"

小杨顺手又给她倒满了啤酒。她端起来一口干了。

"强者的哲学，是先把自己变成一颗钻头。弱者的哲学，则是……"

卢主任再给她倒满一杯啤酒。"省点嘴巴劲，这么好的酒。"

"所以才要多说话，免得辜负了好酒啊！听我把话说完……"她乜眼看着卢主任，噘嘴笑。

卢主任举杯站起来。"谢谢各位老师关照我。我这么个年纪还单身呢！到了春节我就要求婚，活出一个新样子。好不好？"

满堂说好，气氛热烈了很多，不断碰杯和干杯，有人问："跟谁求婚啊？"也有人笑："还没求婚啊！"小杨瞟了下焦小琥，她表情复杂，也在笑，有矜持，但不仅仅是矜持。

这时候，小杨的手机响了，王桐打来的。

"你在哪儿呢？我想见到你，对，今晚必须见到你。不然，我就……"

"呸！少来吓唬我，我不吃你这一套！"小杨提高嗓门喊起来，所有人都吃了一惊，她却瞬间莞尔温柔了下来，"好吧，我的小祖宗。"

小杨大步离席，找到老板，请他帮忙弄辆车回罗汉坡，车费多少无所谓。

卢主任跟在后边，一直在挽留她。终于挽留无效，他正色道："你是铁了心抛弃我们了？"

小杨轻声说："言重了，我那么胆小的人。"

第三十三章　九回村

一

小杨在学校南门下了车,随即又钻进38路公交车。转了两趟,一小时后到了王桐指定的地点。

这是医大附属口腔医院附近的一条小巷子。她从没有来过。街灯下有块路牌：九回村。细长、弯曲，咋不就叫九回肠呢？好笑。而且以村命名小巷，也没道理。那啥又是道理呢？小杨不敢多想，再想，就要成焦小琥教授的研究对象了。妈的×！心里骂完，却也弄不清，是骂焦教授，还是骂王桐，这么晚了，还死活把我弄到穷街陋巷来。

九回村却从不穷陋。医大还是一间教会大学时，许多教授在巷里盖了小公馆。解放后小公馆成了市民杂居的院落，现在则纷纷改建成茶坊和酒吧，店幌子、霓虹灯一家挨一家，通宵不打烊。落了雨夹雪，巷中红亮亮而寂寂，小杨辨认着门牌，瞥见自家影子在湿地上飘浮，像飘进了一部犯罪电影中。踏上四级台阶，推开一扇咖啡馆的门，门铃叮当一响，看见一片空空的桌椅中，王桐正孤单单、眼巴巴望着自己。

"我晓得你会来的。"

"为啥？"

"你从不说大话。"

"是我没底气……"

"我没底气还张口说大话，羞死人。"王桐拿手臂圈住小杨的颈子。

小杨皱皱眉,把她的手赶下去。"我饿了,一口饱饭都还没吃上。给我叫一桶方便面。"

王桐试着拍拍她的肩,又拍了拍她的头,还抚摸了下她的刘海。"再忍十分钟……你缩着脖子真好看,像张爱玲写的小丫鬟。"

"我是冷得打抖抖……"

王桐叫了两碗滚烫的茶,塞一碗给小杨让她焐。

小杨缓过气来,环顾一番,看这店堂是大有讲究的。竹椅、小木桌,没上漆,被茶水和茶客的手、袖子磨得油光水滑的。盖碗、带黄铜的茶船,也卖咖啡。咖啡香和茉莉花茶味飘浮在一起。内饰是三十年代的小洋楼风格,仿文艺复兴的小石雕,墙上有洛可可小涡轮,壁炉上的镜框已泛旧,两个系领结的男人,慎重看着镜头:一个青年俊朗,一个清瘦长者,气质上都相当老派。长者的样子,小杨觉得见到过,这自然是错觉。

王桐说,这是她的外公,去年去世的,活到了一百岁。

"那另一个呢?"

"是外公的高足。"王桐撇撇嘴,"他喜欢我大姨。但大姨是家中长公主,两眼望天,看不起他。他就赌气,去东洋或者南洋了。"

"长公主后来过得咋样吗?"小杨对高足不感兴趣。

"不咋样,嫁了个纨绔子弟。"

"也好啊,富贵闲人。"小杨一笑。

"大姨夫年轻时,是有几分宝玉的姿色,富贵比不上,但当败家子,两个人都一样。这是我大姨总结的。她做了四十几年灶下婢。"

"大姨好幽默。"

"不幽默,咋个活嘛。"王桐笑笑盈盈看着小杨,"我幽默不幽默?"

"别问我,我不懂幽默。"

"反正,我懂幽默。"

"大姨做了四十几年灶下婢,她多大年龄了?"

"大姨比我母亲大三十几岁,我母亲比外公小五十几岁。大姨的二孙女,跟我是幼儿园同学……"

"我头都听昏了。还是说那位高足吧。"

"好嘛。他啥都好,吃亏在个子矮了点,心气、才气是有的。两年前,他回来养老,感叹处处变了,只有九回村有点老样子,这幢房子还有点像老师从前的家。就买了,开了这家店,不图赚钱,只想聚一点人气。"

"还是怕冷清。"小杨咕哝。

"是个人,谁不怕冷清呢?"王桐把她焐手的茶碗夺了,又把自己的茶碗塞过去,"除了你不怕冷清。"

"我……"

"你先喝口茶。别喝!空腹喝茶要醉茶的。喂!小弟娃!菜!"

"来了,来了。"侍应生忙不迭回应。

王桐唱、念、做、打一气呵成,还把筷子递到小杨手上。"我多贱,啥都帮你做,除了不能帮你吃。吃吧吃吧吃吧。"

"你,是不是像你母亲?"

"我不像。她像你,简单。"

"我简单?"

"她真简单,你看似简单。"

"我是假象?"

"假象。可以这么说,但这么说了,你不舒服。"

"可是你居然说了。"

"是啊。你看似简单,其实复杂。"

"我复杂?"

"换个说法,复杂也可以叫丰富。"

"可是我不要丰富,要富贵。"

"要富贵做什么?"

"做富贵闲人啊。"

王桐哈哈大笑,举起筷子。"好想打你。"

小杨不理她,把筷子伸了出去。

二

一口细白瓷的钵,盛着条大蒜鲢鱼。还有一只豆青色的钵,是豆腐白菜汤,汤上还漂了些细碎的葱花,还有橄榄油的小珠珠。她忽然心口一酸,泪水涌到了眼眶。

"想起老家了？鲈鱼之思……这是鲢鱼好不好。再说，你也不像个有乡愁的人啊。"

"说得我很冷血。"小杨假笑道。

"那想起了一个爱的人？可你也不像爱过人的人啊。"

"偏见比无知……离我更远。再说，没爱过人，也可以想念一个人。"

"是谁？"

"姓吴。"

"吴爷?！"

"当心鱼刺。"

"快说。"

"不是吴爷，是吴老爷。他的名字，很像个军阀，现居旧金山，专门维修老房子。"

"真好，我去了美国一定找他耍。不会吃醋吧？"

"会吃的。吃点醋才不会被说成是冷血。你吃点酒吧？"

"吃完饭再上酒，慢慢喝，多喝些。"

小杨放了筷子。"你出了什么事？这么冷的晚上把我弄过来，还拿死绑架我。"

王桐夹了块鱼肚皮到嘴里。"不是死,是醉生梦死。"

"真是……无聊。"

"是啊,很无聊。我要去美国,没一个人舍不得我走,父母、朋友、同学,还有你,巴不得我走了就清静了。我咋成了这么无聊的人呢?你说。"

"吴爷也没有挽留你?"

"我对他最大的价值是,死了比活着好,走了次之。"

"嘿嘿嘿。"小杨莫名其妙笑起来。

"哈哈哈!"王桐也笑,起身去吧台取了两瓶威士忌过来。

她俩碰了杯,一口干了。

"吴爷喜欢过你母亲吗?"

王桐哼了哼,又摇一摇头。

"那这家馆子的老板呢?"

"他正在楼上玩古琴。我说他五音不全,他说自己早已六根清净。"

"真的清净?"

"清净得,只等成佛了。"

小杨莫名想到了冼半仙,暗笑了一下。"那,吴爷喜欢过你吗?"

"好没有想象力,还是作家。"

"我不是作家,只是教写作。还马上就教不了呢。"

"吴爷不是喜欢我,是怕我。"

"怕?"

"他怕我送他去坐大牢。"

"……"

"然而,我并没有。"

"为啥并没有?"

"是啊,为啥并没有,我也奇怪呢。我写小说,就是想把这些问题弄清楚。"

王桐又喝了很多杯威士忌,小杨陪着她喝,居然两个人醉意都不大。

三

门铃一响,进来个很魁梧的黑人,臂弯里吊了个鸟似的女孩子。两人坐到角落里，喝咖啡，侬偎耳语，黑人不停地抚摸女孩的头发，吻她的脸和嘴唇。女孩不完全顺从，但也绝非拒绝，她笑着，发出很克制的咯咯声。小杨别过头，研究着黑人的年龄，黑黝黝的脸，看不出皱纹，鬓角已和牙齿一样的雪白了，笑起来还像个年轻运动员。

王桐不满地咳嗽了两声，把小杨的注意力引回来。"这么俗套的一对，值得你这么看？"

"俗套才有力量啊，肥皂剧、明星八卦都很俗套，可是大家都喜欢，边骂边看。想破俗套啊，除非你不俗，还不怕冷清。而我不怕冷清，却也够俗套的了。"酒意突然涌上来，小杨哈哈大笑。

角落那对男女吃了一惊，一齐伸脖子朝这边望，像两只鹅。

"假笑。"王桐鄙视地哼了哼。

小杨换成了微笑。"下周真的就飞美国了？"

"飞美国是真的，但时间要推迟了。我要相亲。"

"父母给你安排的？"

"当然是自己啊，网上认识的。他们大概正在来这儿的路上吧。"

"他们？还不是一个人。"

"一男一女。"

小杨猛地咳起来，怒气冲冲似的。其实是被一口酒呛着了，越咳越辣，气都要断了。

王桐颇为不耐烦。"好了，好了，经常假咳，要变百日咳的。"然而小杨还是咳，脸都变猪肝色了，有点吓人。王桐这才心痛了，把手伸过去，在她后心轻轻拍着，像哄小娃娃睡觉。

"我晓得你是被我吓坏了，没啥的，相两个亲而已。"说着，把自己的丝巾给小杨绕在脖子上。"我的围巾中，就数这根最难看，还死贵，你将就保暖吧。跑那么远，天那么冷，说不可怜也是可怜的啊。"

喀，喀，喀……小杨吃力地回应着。

第三十四章 《异乡记》

一

雨在天亮前停了。窗前，偶尔飘几片雪花。

小杨用电热杯煮了黄壳土鸡蛋，烫了豆奶。王桐昨晚说到了张爱玲，她就把《异乡记》找出来，重读了几页。

念师专时，上铺的女生喜欢张爱玲，去图书馆借回一堆张的书，啃了又啃。辅导员批评她小情小调，她就嘀咕：你不小情小调，你没情没调。

小杨觉得好笑。独守寝室时，她就从上铺抓了本《倾城之恋》，是小说集，收了张的多数代表作。小杨站着读了会儿，又坐着读了会儿，快速浏览了一半。心里做了个点评：故事写得传奇，加之旧上海的背景，且用笔又狠又刁，所以大受热捧吧。

她把书放回上铺，也就不再多想了。

读到《异乡记》，小杨承认，自己从前是低估了她。

《异乡记》中并没有故事。她拖着生冻疮的脚，一路走着写，坐火车、汽车、鸡公车、轿子（其中一种轿子是木盆，吊在扁担上）……大乱之后的残山剩水，都让她看在眼里。而她写得多的，却是人。

书中写一对又老又穷的夫妻，寄居在亲戚家，过了午饭时候，吃着用人搬上来的饭：

> 老两口子对坐在斜阳里，碗筷发出轻微的叮当。

一锅剩饭,装在鹅头高柄红漆饭桶里,热气腾腾的,不知为什么使我想起"黄粱初熟"。这两个同梦的人,一觉醒来,早已忘了梦的内容,只是静静地吃着饭,吃得非常香甜。饭盛得结结实实的,一碗饭就像一只拳头打在肚子上。

这样的文字,让小杨想到凡·高所画的素描。凡·高不画富人、美人,画的都是百姓,穷人居多。穷,却没惨相,因为笔触有力。还有,穷是穷,却也有穷人的趣味。

二

合上书,一抬眼,看到墙上吴佩虎和男友的照片,就细细端详了好一会儿。他们的耳钉、文身、粲然的笑,都是好看的。

不觉开了电脑,给吴胖子发了封邮件,说很想念他,很感谢他,这世上有个人让自己能想念,也是要感恩的事情。还答应,要给他画一幅老家的江景图。

最后写道：你们好就好，我也还好，但也不大好，今天就出门去重新找一个饭碗。

穿戴好了，还在脖子上系了王桐送的丝巾，才想起今天是周六，找新饭碗却没找到合适的好日子。她心头有点躁躁的，坐下，把丝巾抹下来，摊开了打量，看清这是一幅色彩浓丽的油画：切·格瓦拉肖像。他戴着那顶有名的贝雷帽，眼睛疲惫、忧伤，就像累得就快倒了。

她对切·格瓦拉所知很少，只晓得他死得惨，被乱枪打成了筛子，不是一般的血腥。

但丝巾抚摸起来是柔滑的，又暖和，像冬夜抚摸一只有体温的兽，唉。

再又顺手打开电脑，刚好叮当一响，邮件来了。是吴佩虎的回复，从没这么快过。

他说，安东尼已经离他而去，被一个跳街舞的黑人少年迷住了，追随那男孩去了巴西。他很伤心，也为安东尼伤心，因为毫无希望，注定没有出路。

小杨有点迷糊，看了附件照片，才回过神，安东尼就是吴佩虎的男朋友。

照片是安东尼和那黑男孩。男孩穿件紫色小背心，奇瘦而匀称，歪戴一顶白色巴拿马草帽，眼睛大得惊人，燃烧着两团冷冷的火。

吴佩虎写道，我每天照常工作，一切没有异样。但到了晚上会流泪，思念安东尼，并为他和黑男孩祈祷。

小杨默然了好久，心里念着："吴胖子，吴胖子哦！"

她关了电脑，把丝巾在脖子上绕了几圈，推门出去了。

第三十五章　大慈恩寺

一

　　隔着公交车的玻璃,小杨打量着细雪飞扬的街景。来这儿三年多了,每次进城都还像第一次,又像无数次中的某一次,写在手记上,极简的极简:

进城。进了城。逛了书城，没有买书。去了博物馆，关门。去了商场，买袜子三双，合适。买拖鞋两只，不太合脚，但可以将就。

比鲁迅先生的日记还简单。

吴爷带她逛的那一回，像是把衣服撕开个洞，窥到城市的肉褶和肌理。可那是他的记忆，跟我没有关系啊。她自忖，跟着吴爷逛，我更像个客人了。王桐曾给她背过一句书上的话：

> 一个人只要没有个死去的亲人埋在地下，那他就不是这地方的人。

"难怪，我在这儿总感觉飘浮呢。"

"很好啊，我就想死在一个没有亲人埋骨的地方。"

王桐要去美国，吴胖子就在美国，安东尼去了巴西，而我就在这儿。这儿跟美国、巴西有啥区别呢？我在这儿搭公交车，转公交车，逛一个下午，吃两顿馆子，也见不到一个熟悉的人。

在老家的县城，一上街就不停跟熟人打招呼，熟悉对方的眼神，彼此看着鬓角变白、皱纹变密，还能预测对方死亡的时间。冼半仙就笑谈过："哪个人的命不捏在我手掌心！"

二

耳朵回响着冼半仙的哈哈哈，小杨在大慈恩寺下了车。这座庙子，藏在城的腹心。她从门前经过好几次，却还没有进去过。

庙史是漫长的，而跌宕也很剧烈。始建于隋初，盛于唐的天宝末年，占地千余亩，和尚有八百之众，侧门傍河，一顿斋饭要吃掉七条船的米和菜。大概坐吃船空，和尚闲得慌，庙子后来就萎缩了，小得像间小学堂。"文革"中和尚被撵了出去，变成了博物馆、茶馆、饭馆、古玩市场。

老舅爷在1994年夏天还来过大慈恩寺，会一位故人。事先就寄了一封信，说自己投宿山门外的糠谷街，可以在庙里的茶馆见个面。那时候，庙子只有冲大街的后门供出入，而山门是长年关闭的。山门外，就形成了一块僻静的空坝子，顺延出去的稻谷街、米谷街、糠谷街，宛如小国寡民的小乡场，一色的铺板屋，人走得慢吞吞，还有些踱步的鸡、鸭，也都懒洋洋。

老舅爷就窝在糠谷街的小旅馆，白天沿着长长的庙墙，绕到庙子里吃茶，看书，画画。饿了，就点碗面、一盘油酥花生米、二两江津老白干。等了三天，始终没见到故人的影子。庙里古树蹒跚，树荫浓如墨水，蝉子叫得很凶，夏天的味道相当够，却又很凉爽。这是老舅爷最后一回出远门。多年后，他向小杨摆起这件事。

小杨有点替老舅爷难过。"这不是白跑了一趟吗？"

老舅爷摇摇头。"没有白跑啊，就是想再去看看那座城。到处都是茉莉花茶、栀子花的味道，我好喜欢……还巴望能死在那儿呢。"

"除了茶，还有啥子好？"

"啥子都好。"

"你朋友咋个躲着不见你？"

"不是躲，他应该是走了。去之前，我就估摸到了八九分。"

多亏了吴爷,小杨才明白,走了就是老了,老了就再不回来了。吴胖子走了很远,但还可以回家。老舅爷走了,老在故乡,却永远无影无踪了。他也成我的故人了。

小杨和老舅爷一样,从后门进了庙子。走几步,就是藏经楼。吸口气,一股香火味。绕过去是空坝,再绕过去,又是空坝,都在烧香蜡。

大雄宝殿和天王殿之间,香炉最大,香槽最多,过一会儿,就有做义工的居士把冒烟的香蜡拔出来,扔进废汽油桶。桶里继续冒出一股股烟柱,腾起来,像一条条火龙的腿,越过寺院的屋脊,攀缘着四周写字楼的玻璃幕墙,向上,成为云雾的一部分。小杨有点睁不开眼睛,只觉得好多的人,非常有力地喧哗着。

古迈的银杏树上,一叶不存,伸展着光秃的枝丫。小杨避开中轴线,贴着边上的廊檐走。有群女义工挤在条凳上吃盒饭,白米饭上盖青椒土豆丝、水煮白菜、烧青豆,大口刨着,而又细细地咀嚼,表情很舒服。小杨受了感染,嘴里有了清口水。再过去，另有两位义工避在一边，一个端着盒饭在流泪，一个在耐心地劝她。

"你要想开些……"

"我想不开嘛……"

"要学到放下啊……"

"我就是放不下嘛……"

"莫哭了……"

"哇……哇……哇……"

小杨走过去，又回头看了看，那劝的义工婆婆至少七十以上了，脸像颗干缩的枣子。被劝的则是三十出头的少妇，没施粉黛，但也非常白皙和漂亮，只是泪眼红肿，面色沮丧。这又是为啥呢？小杨暗自感慨着，差点被个东西碰了下。

是檐下挂的一只大木鱼，一晃一晃的。鱼的造型很夸张，嘴巴像在动，想喝一口水。小杨摸出傻瓜相机给它拍了张照。镜头里有一对男女走过，似乎是熟人。她不觉就跟了上去。

已经中午了，香客还是多得很。那女的手捧一大束香，进了一个小殿。男的就在门口等，有点无聊，东看看，西看看，就和小杨对视上了。小杨想转身已来不及，是卢主任。

"卢主任好。"

"小杨……"

"烧香啊？"没话找话。

"嗯……你不要误会。"卢主任略红了下脸。

"误会什么？"

"误会一切可能被误会的事情啊。"卢主任缓过气，笑了。

"写作学上讲，误读也是很有趣的嘛。"小杨也笑了。

"哪一本教材？"卢主任来了精神。

她笑而不答，向他摆摆手。"再见。"

第三十六章 阿弥陀佛

这庙子,老舅爷怀念的茶桌、盖碗茶、阳光和浓荫,她一样没看见,更别说茉莉花茶的香味了。这样也很好,她对自己说,免得我今后苦巴巴思念。

靠近山门的两个偏殿里有展览,一个是摄影展,是环保主题的,成堆的垃圾、淤塞污浊的河流,她有点吃不消,退了出来。另一个是现实主义雕塑展,有个叼香烟的女艺术家,坐在冰冷的地上对付一大团湿泥巴,男人的半个脑袋从泥巴中露出了雏形,像在打捞一个被活埋的死人。小杨吃了一惊,岂止吃不消。

她自忖是意识错乱了,又怕,又烦。

山门口人流水泄不通。从门内看门外,老舅爷描述的空坝,已成了一片小广场,摆满了饮食摊,还有充气娃娃、拱门、梭梭板,出去、进来都是费劲的事。

小杨正踌躇着,突然只听一片叫:

"列位施主借个光!"

"阿弥陀佛!"

几个小和尚捧着铁笼一路跑过来。笼里有一只大老鼠在徘徊,身子加尾巴起码超过了两尺,鼠须也很长,红鼻,红眼,并不惊慌。而且,颇有兴致地打量着围观的人群,时而伸出舌头,舔舔自家的红鼻子。以它的镇定,不是鼠王,也该是条鼠精了。

僧俗之间,展开一番对话。

"咋抓来的?"

"下套子。"

"在哪儿抓的啊?"

"香积厨,天天晚上都在那儿偷吃。"

"天天晚上,那还了得!咋个整它呢?"

"放生。"

"放生?!"

"放生。"

香客们挣开一条缝隙,放小和尚和老鼠出了山门。小杨跟着挤出去。

他们蹲在墙根下,很熟练地在笼口扎了一只黑塑料袋,再把闸门一拉,老鼠就很敏捷地钻进了袋里,随即袋子被松松地绾了一个结,小和尚提着,一甩一甩,走向几步外的一只圆形敞口垃圾桶。桶里扔满了果皮、饮料瓶、奶盒、易拉罐、啃过的包子、蛋糕、扭歪了鞋跟的高跟鞋……这全套动作,就像排练好了,熟极而流,是日日上演的一出剧。

但,有人挡住了小和尚。

是个瘦瘦小小的姑娘,刘海,素服,冷脸,眉毛粗黑,颈子上的丝巾如灼灼的火。

"给我。"她伸出一只手。

"女施主……"

"给我。"

"阿弥陀佛……"

"给我！"

"……"

她抓过袋子，在手里掂了掂。老鼠发出不耐烦的叽叽咕咕声，甚为不满。几个小和尚合十而退，嘴里也是叽叽咕咕的。人群则压了上去，差点把小和尚冲倒了。姑娘突然把袋子抡圆了，挟着风声，啪！有力地砸在红色庙墙上。

砸了三下，五下，十几下。随后，她把袋子递还给小和尚，轻声道：

"可以了。"

一个小和尚软下来，蹲在墙根下，好像被砸成一团酱的就是他。

人群发出海啸般的叫声，举起森林一样的手，手上捏着傻瓜照相机。然而姑娘已经不在了。

第三十七章　老地方

一

天黑前,小杨回到了罗汉坡。信步绕外墙走半圈,就到了小东门。

淡黄色的路灯正在点亮,四周冷清清。天也冷,吹着风，似乎晚上又要落雨夹雪。

门口，两个骑车的女孩、男孩在说话，用脚支着地。女孩一直仰望着天空，脸上有捉摸不透的微笑，男孩则把脸伸向她，也在笑，是一点也不掩饰的殷勤。说着说着，女孩脚下一蹬，车子画了半个圈，骑走了。男孩左手做成半个喇叭，叫了两遍：

"明天我等你，老地方！""老地方！"

女孩回头摆了摆手。灯光最明亮的一小块，恰好投在她眉间、鼻子、嘴唇上，真是黄金一般的灿烂。

小杨看得心尖子发颤，一股潮水涌上来……又被她默默地压了回去。

进了小东门，她走到老教授遗孀的窗口，要了盘豆豉鱼炒饭。

墙沿边，几张小桌，一个孤零零的人在吃饭，是吴爷。

二

"我今天不会替你买单的，你还欠我呢。吃的什么呢？"

"有人替我买过了。番茄煎蛋面。"

"王桐？"

"褚兆聿。"

"咋可能是他？"

"他是我的老同学。"

"我不信。一点都不像。"

"我在财大念书时，他是电大生，来旁听过好几回，也爱往我们寝室串……他至今都说是我的老同学，我能说不是？"

"你很荣幸吧？"小杨嘴角噘起一点笑。

吴爷看了她一眼。"为啥荣幸的人是我？"

"难道还是他？你有啥让他荣幸的？"

"这个……你去问他吧。"

小杨哈哈大笑。吴爷也嘿嘿笑起来。

老教授的遗孀把脖子从窗口伸出来，以为这男女俩疯了。

"褚兆聿还好吗？"

"他手背上涂满了红药水，说在槐树下读废名，被流浪狗抓了。"

"哦，他倒是很幽默。"

"幽默？从没看出来。他是个实在人，吃得苦，一直很上进，从中师读到博士后。"

"我倒觉得你更实在。"

"啥意思？"

"报一碗面之恩，替他说了这么多漂亮话。"

吴爷大怒，把盘子一摔。

小杨笑了起来。"一点没有幽默感。"

第三十八章　别了

一

考试这天没雨雪,也没有风,少有的冷。教室塞满了学生,又格外有种热烘烘的气息。墙壁似乎在膨胀,紧闭的窗户被枯叶一拍,啪!响得惊心动魄。王桐坐在一个角落里,小杨放眼一瞟就看到了。她其实可以不来的,却居然也来了。

也有人该来却不来,小杨拿眼来回扫了扫,是孙玉凤缺考。孙玉凤来了你不会在意,不来,却立刻被发现,像墙壁被粗暴地抽空了一块砖。她又是为啥呢?

考题只有一道,写一个故乡人,要求:不少于800字,120分钟完卷。

小杨还在黑板上写了六个粉笔字:

白描,

细节,

克制。

退两步看看,略略得意。临过几年碑,有点汉隶的味道。

时间刚过一半,王桐就交卷了。四目对视,没有说话。下边安静得只听见笔在纸上走,犹犹豫豫,不干不脆,聒耳朵。

小杨把一张多余的试卷翻过来,写:"你还来凑热闹?根本没必要。"

"看看你啊。"王桐也写。

"换个地方也可以看。"

"可是看老师,还得是在教室吧,现场感。"

"相亲咋样了?"

"自然没啥好结果。"

"是坏结果?"

"倒也不至于,也就一杯咖啡钱。我请了女的喝咖啡,男的请了我喝咖啡,其实扯平了。"

"哈哈哈。"

"假笑!"

"写在纸上的笑,还会听到笑声嘛!"

"哼!会来美国看我吗?"

"不会,怕迷路。"

"会想我吗?"

"……"

"不敢写?"

"想。"

"多想？"王桐瞪着她。

小杨一下子手软，竟写不出字来。

"写啊！"王桐不耐烦了。

她嘴唇动了动，呢喃了一句。

"写下来。"

她试了试，终于可以写了，像用了极大的力，字是飘的，摁不住，越写越不成形。"很想，很想，很想，很想……"

王桐把试卷仔细叠起来，叠成一封信大小，夹进一本书，走了。走到门口，回头望了她一眼。

小杨在今后的日子里，会反复回忆王桐回头的一望：自己的眼睛仿佛是一束光，照亮着王桐苍白、美丽的脸。这（曾）是个随时可见的人，然而，那是最后一眼了。

二

班长的脖子挂了十字架，左手还缠了几圈佛珠子，看脸，还是个大男孩。他交卷时，小杨轻声问了句："孙玉凤咋没来？"

他左右看看，把嘴伸到小杨的耳边。小杨把头重重一偏，很不喜欢闻到他嘴里的味道。"写下来！"她把笔和白试卷抹给他。

"被打了。"

"谁？"

"师母打了孙玉凤。"

"？？"

"褚教授家的师母。孙玉凤的脸被抓破了。"

小杨把试卷揉成一团，扔进废纸篓。看见班长还傻站着，就摆手示意他走吧。

他走了两步，又回身过来，小声问："杨老师，王桐写得咋样呢？"

"100分。"

"那么完美啊？"

"900字写外公，精练、幽默，没一句废话，没一个错字，连个标点符号都没错。我差点给她120分。"

"也太偏心了嘛。"

"不服？我喊她来跟你交流交流吧？"

"咋敢呢，不敢不敢！"班长扯个淡跑了。

三

王桐笔下的外公，是只老猴精。

她是跟着外公长大的。换牙时，旧牙被新牙挤得只剩了一丝筋连着，就是不脱落。她怕痛，死活不让拔。外公就买了糯米糕给她吃，咬一口，牙就留下了，没丁点痛感。

外公是留学海德堡回来的牙医，半辈子都在琢磨痛、不痛。他讨厌麻药，嘲笑麻药是半吊子手段，且不说注射起来多麻烦。晚年他发明了一种电麻醉，一头接上电源，一头放入病人嘴里就行了。第一个免费试诊的是个话剧女导演，年过半百，对他崇拜得要死。他对她做了个手势："嘘！"拔完牙，女导演千恩万谢而去。外公一检查，才发现电麻醉根本就忘了接电源。这让他开启了哲学的思考：痛，或许就是一个伪命题？

他已把这个思考带进了墓园。清明，王桐和母亲去扫墓，母亲哭，她却笑，因为痛、痛苦、孤独、忧伤，都可能并不是真的。真的只有一个：我在这儿。

小杨把王桐的试卷扣下了。不愿它和其他试卷一起，塞进牛皮纸卷宗，打成捆，跟无穷无尽的袋子重叠着，堆放在不见光的库房，在漫长得没尽头的时间里，发霉，烂掉。

第三十九章　腊八

小寒出了太阳,大寒出了太阳,好天气持续到腊八,终于阴了下来。吹风,有些刺眼睛。

晚上小杨给母亲打电话,家里刚吃完腊八饭,大姐一家四口、二姐一家三口,都在,全堆在沙发上看电视。母亲说:"可惜你不在,今天的腊八饭做得比往年好。""好在哪儿吗?""腊肉好,是你二姐夫家养的生态猪。你吃了啥子呢?""也是腊八饭,同事请我去做客。"自然是没这回事。半年了,她还没跟哪个同事有吃饭的交情。母亲又问:"放假了吧,哪天回来呢?""难说,我找了新工作,要加班。"这自然也不是实话,但也不算是撒谎。

学院续聘的通知,始终没有发给她。这本在意料中,新工作也在找,但没进展。小学看来比大学还难教,而每天八小时坐班的单位,她也很头痛。

省报副刊的编辑回了一封长邮件。他说,一个坏消息,一个好消息,先说坏的吧:

以小杨的水平,进报社是可以的。可是,还是不进的好。网络时代正在逼近,纸媒在萧条,而且在裁员,过几年会倒闭一大堆。你即便挤进来了,也属合同工,转眼还要另寻生路。何必呢。

编辑的建议是,去培训机构试一试,辅导作文是你的所长,听说收入也很可观。

小杨马上想到了焦小琥的沉默。这沉默,也许未必有恶意。自己清楚，以我的写法教学生，中考、高考都可能拿低分。

她有点沮丧，依然耐心读下去。编辑说了，还有一个好消息。

小杨写的《女邻居》，编辑觉得省报不好用，但推荐给了自己的爱人。他爱人在《西部文学》上班，是小说编辑室的主任。主任很喜欢《女邻居》，说观察细致，用笔又简，人物活泼，有点契诃夫式的幽默，是一篇好小说。发表是不成问题的，但建议小杨再写四五篇，串成一组故乡人系列，《西部文学》重磅推出。

小杨头一痛，汗从腋窝滴下，歪了歪鼻子，差点没有哭出声。不是喜极而泣，是觉得心口压了一堆砖，又重，又麻烦。写一篇就够难为自己了，何况还要写一组。我哪会写小说，歪打正着罢了。再写，岂不成了个笑话。

她心虚，不敢回邮件。装蒜，当是没收到。

关了电脑，平躺到床上，出气渐渐均匀，就盘算了一番，房管科还没催我搬出去，住完寒假应该没问题。那就，到时候再说吧。

第四十章　望夫桥

一

这长安城中,遍地都是钱,只可惜没人会去拿去罢了。

刘姥姥的这句名言，小杨用小楷抄在毛边纸上，修剪成扇面形，贴上墙，覆盖了吴胖子和安东尼的合影。

同过寝室的银行老大姐，腊八次日给小杨发短信，说过去她赠送的小画，贴在办公室，同事、领导都喜欢，想请她再画几幅，每幅八十元（含装裱费），行不？

八十元，还含装裱费？小杨想起卖出去的《记承天寺夜游》，觉得沙石老板真是冤大头。但话又说回来，老大姐见过大世面，咋搞不清画和画片的区别呢？回了短信："不卖。"但没有发送。自忖，我分文不收，也送了好多。既然有点收入，那就画吧。但她要求老大姐，每幅一百元，不含装裱费，先付款。

"你变了，小师妹。"老大姐回复。

"这半年的时间，我是老了些。返老还童，多了点孩子气，请大姐多包涵。"输完这句话，把银行卡号、开户行、开户名一并发送了过去。

大姐汇过来六百元，注明是七幅，补充了一句："买六送一，应该可以吧？"

"不可以。"

二

还收到了曾子荣的电话,这是头一次。

他可能怕小杨误会,首先说明不是催她卖罐子。随后说,他已和朋友合伙,在深圳文化街开了家小古玩店,试试水。雇了个刚毕业的历史系女生,专业是对口的,但人胖、嘴笨,心思只在赴美留学,改念金融或者地产。幸好妈妈常过去看看,帮忙打理。妈妈常念起你,说你在就好了。

"我也很笨的啊。"小杨说。曾子荣在电话里说话,比面对面健谈。

曾子荣笑了两声,并不反驳,话锋一转,说想请她写个店牌,现在是电脑出来的美术字将就用,难看死了。

小杨谦逊了几句,答应试试,又问店名。

"顺字号古赏。"

带点日本味和忽悠味,但还好,不觉得俗腻。小杨暗道,在商言商嘛。

"肯定会支付报酬的。"

"支付报酬，我就不写了。"

屋里还有半刀练字的手工毛边纸。小杨写了一晚上，却没一张是满意的，地上扔满了纸团，宛如淡黄的雪球。写到后半夜，笔毛发叉，已是废笔，而人也累得剩不了几口气。她不甘心，咬了嘴皮，拿纸团拧了又拧，拧成一个纸蛋，浸了墨汁，狠狠抹了五个字。

睡到临近中午起床，小杨小心看那五个字，实在是平生写得最硬如枯枝的，全无风情。"去他的，就这样了。"去北门小邮局，发特快专递，把题字寄了出去。

过了两天，是清晨，还没睁眼，听到手机叮当一响，收到短信："琼枝师妹，笔法古奥，很有风骨，喜欢，不尽谢意。曾子荣。"

字字郑重其事而又得体，且跟从前口气有所区别。但小杨没多想，舒了一口气，接着又迷糊睡着了。

后来，她做了一个梦，梦见老史回来了，依然是黝黑的脸、雪白的牙。他和她在床上做爱，极尽缠绵。

醒过来，掐掐手心，是痛的，抹抹眼角，并没有泪水。她光着脚板，从床下把青花罐子拖出来，凝视了很久，又抱在怀里，心里掠过一阵强烈的冲动，想把它摔得一地碎片。

三

小杨去了趟望夫桥古玩市场。一家家店慢慢逛，细细问。傍晚买回一摞一尺见方的镜片，省了装裱，也省了脑子，径直画了十二生肖，选不甚满意的六幅，寄给了老大姐。

剩下的六幅，她琢磨交给古玩市场的小店寄卖，底价三百元，三七分成，店三，她七。望夫桥，让她看见存活的机会，还不算很渺茫。

连了三个早晨，她煮了两个黄壳土鸡蛋犒劳自己，吃得想吐。

画的十二生肖中，那幅小猪她最喜欢：瘦骨伶仃的，分明有气无力了，眼角还露出些睥睨。

每看一回，就笑，自叹为神品，到底舍不得拿出去，就贴在了床头。

第四十一章　冬雨

小杨去超市买回腊八粥罐头，晚上拿电热杯热了，一勺勺舀来吃。吃完打个饱嗝，又张大嘴巴，打了个长长的哈欠，周身通泰。想到吴爷对自己的挖苦，恨不得再打一个给他看。

睡到后半夜，被冻醒，起床去柜里翻毯子加一层。顺便推窗望了望，一股寒气扑面而来，罗汉坡上寂寂骇人，教学楼、宿舍楼黑黢黢的，只有洼地中吴爷的农舍，还火光一闪一闪，烟雾从瓦缝中斜斜飘出来。这老家伙在干啥呢？

她伸长脖子，一滴大雨点正落在后颈窝，冷得比冰块还刺骨。赶紧跳回床上去。

明晨睡醒，已经九点多了。电热杯还没洗，土鸡蛋也懒得吃了，她出门去老教授的遗孀家找碗稀饭喝。风停了，雨小到看不见，隔会儿摸一摸，脸蛋儿是润的，才晓得冬雨还在坡上徜徉着。树林被北风修剪过，宛如因纽特人的版画，叶子空了，只剩稚拙的粗线条。

站在梯坎上，伸个懒腰，呼出一口气，一股好看的白烟。

老教授遗孀家的窗户紧闭着，贴了张纸条，写着粗黑的毛笔字：

走亲戚去了

　　小杨歪着头,歪来歪去,把那些字看了又看。一回头,吴爷正站在身后,戴着滑雪帽,轻轻地喘息着。他刚跑完几圈盘陀道。

　　"抱歉,吓了你一跳。"

　　小杨哼了一声。

　　"走吧,我请你吃早饭。"他说。

　　小杨不理他。

　　"不会再让你破费的,小气。有个老同学介绍的书商买了我的游记,先付了笔定金。"

　　"多少钱?"

　　"不算多。书商说,印数很有限。"

　　"你很得意吧?"

　　"……"吴爷欲言又止。

　　"我鄙视你。这样的……也舍得卖。"她伸手把窗上的纸条小心撕下来,仔细折叠好,放入口袋,大步而去。

　　走了一会儿,回头看见吴爷跟在后边,也不理他,大步又走。走得发了汗,又累又饿,见到个小亭子,就进去歇歇。坐下才发现是七角亭,柱上刻了两个字:"致远。"想起焦小琥引用过的约瑟芬娜·冯·斯特林尔迪克的话:"所有偶然都不是偶然,此即必然。"不觉笑了。

吴爷也跟了进来。"你啥毛病又犯了?"他问。

她反问:"半夜不睡觉,在烧啥子呢?烧证据?"

"烧七天纸钱。"

"……"他敢这么说?

第四十二章 红旗

一

"红旗曾和我约定,骑车回来正好是一月,她给我做腊八粥,她还从没给男人做过一顿饭呢。"

"她人呢?"

"走了。"

"走哪儿去了？"小杨赶紧用手捂住嘴，"对不起……"她听到一根绳子突然断开了！但也像一头撞上了紧闭的玻璃窗。总之是痛的，却还不晓得痛在哪儿。

"我们还没上路，刚过了国庆节，她就病倒了。先以为是肺炎，估计再坏吧，也就是肺结核，结果是肺癌，已经晚期了。"吴爷的声音很平静，只是停顿了一小会儿，"我每天翻墙到人民公园，给她摘一束花带到病房去。"

"你总是很缺钱，对吗？"

"我父亲还在关牛棚，母亲在干校……红旗很不想死，说如果能每天看见一束鲜花，就有希望活下去。那年的秋天，公园的花好单调，不是黄菊就是白菊，龙爪菊、波斯菊……可红旗都欢喜，她说，菊花过了，就是蜡梅，蜡梅过了，就是红梅，到了春天，我就能再活一年了……唉！"

"……"

"她睡在一家地段医院里，那地方像个破旧的大杂院，两个昏庸的中医老大夫，四五个做护士的返城女知青，冷黢黢的，等死倒是很合适。前院有棵枇杷，后院有棵石榴，都是枯的。红旗天天趴在枕上看窗外，发芽没有呢，开花没有呢？后来她连看的力气都没了，就让我给她念小说。她带了本俄文版的《萨哈林旅行记》，没法读了。我念高尔基的《在人间》给她听，她哭了，说，人的哲学就该像高尔基一样，在自家皮肉上熬。还说，病好了，要教我学俄文，带我骑车去喀山、塔林、塔甘罗格。"

吴爷顿了顿，小杨陪他沉默了一会儿。

"红旗很坚强，最痛的时候也不吭声。但她想抽烟。这也是绝不可能的。我就买了两包大前门塞在她的枕头里，闻闻烟味也好吧。过了腊八，距立春还有九天，她就死了，瘦得只剩一副骨架子。最后那天我抱了蜡梅去，她蒙头朝里躺着，我要把她翻过来，她小声求我别碰她。"

"你多大？"

"十六岁。"

"她呢？"

"红旗？我不晓得……就算没有年龄吧。"

"她该留下了什么遗言吧？"

"红旗说，我死了赶紧烧成灰。佐西马长老的尸臭把他的崇拜者吓跑了,把他的嫉妒者乐坏了。林黛玉死了七天才下葬,我的天……"吴爷说不下去了。

"我的天……"小杨陪他重复了三个字。

二

吴爷沉默着,在夹克里边的口袋中摸索,像摸香烟,但他不抽烟。小杨想,是摸钱夹子吧,夹了红旗的照片。然而也不是。是个很旧的牛皮纸信封,对折了一下。再抽出一张泛黄的纸,递给小杨,请她读。

"红旗在病房留给我的信,一直压在枕头下。"

小杨接过信,没读,只瞟了瞟。是一张处方笺,字写在背面,非常秀气,下笔也轻,甚至说有点羞涩。这跟吴爷讲述的红旗,很有些不像。

"红旗的眼睛、鼻子、脸,还有她给你说过的话,你是时刻记住的吧?"

"其实不。我有几十年都把她忘记了。"

"明白了,你输得一塌糊涂的时候,她终于复活了。

祈祷她保佑你渡过难关，是不是？"小杨拿嘴角笑了笑。

吴爷似笑非笑，摇摇头。"恰恰不是的。我想起了红旗，多好的女人啊……我这么没出息，竟比她多活了几十年，岂不是捡来活的吗？还有啥难关怕过呢。几年前的七月，我跑到江西躲债，开台空调坏了的桑塔纳，过九江，绕鄱阳湖，到了瑞金。买了张最详细的长征地图，就北上了。"

"……"小杨嘴角浮起笑意，但没有插话。

"按地图上标注的地点、时间，我一一做到，用了一年，补了七次车胎，换了两副雨刮器，擦剐十几次，飞石两次打在车顶上，红旗的确保佑我，只砸了两个坑。到了延安枣园时，后座上堆满了我的笔记本，有六十多万字。"

"有那么多废话要写吗？"

"一半是见闻，一半是对红旗的回忆。"

"都超过《史记》的字数了，还是用钢笔写的吧？多亏没有肌无力。"

"这两年一直在修订和压缩，要正式出版的有三十来万字，上下两册，先印一册看看市场的反响。"

"书出版了，会送我一本拜读吗？"小杨盯着他的眼睛。

"会啊。"吴爷深深点头。

"然而我不会读。跟我一点没关系。"

"你耍我?"

哈,哈,哈,哈,哈,哈,哈!小杨发出一串大笑声,非常舒畅和真实。她走出致远亭,一扬手,吴爷珍藏了几十年的信,随风飞走了。上升的气流,托举着泛黄的处方笺,迅速升高,越过了坡地上的楼群,渺不可及……却忽然又像羽毛一样飘了下来,停在一棵银杏的枝上。

吴爷大步追了过去。

又一股风吹来,把纸带走了,在吴爷的视线里,向龙背山的方向飞行了一段,又荡回来,再次越过吴爷的头顶,朝城区飘去了。这一回,它不像风筝、鸟,也不像羽毛,就是一张纸,张开着,轻盈地滑入三环、二环、一环路,顺着古代的护城河,畅通无阻地行进了十几公里,再折而穿进古城的腹地,经过明藩王府故址、后宰门、贡米巷27号,在天主大教堂的屋脊上垂落。老楠木的廊柱下,一个高个神父正低头聆听黑衣信徒的诉说。但仅仅几秒钟,纸又腾空起飞,往清代八旗曾驻防过的满城晃过去……天麻灰灰的,走路的人,开车的司机,都有点迷糊着这是上午,还是傍晚呢?又开始飘雪花了,雪花中有雨,大滴的雨点子落下来,砸在车窗玻璃上,有如一颗颗子弹。

小杨拍拍吴爷的肩膀,把他扳来面朝着自己。"几十年都忘记了,别做得那么放不下。"

吴爷大怒。"瓜女子!看我扇你个大嘴巴!"

第四十三章　不要欺负我

放寒假前夕,小杨收到卢主任短信,说她的续聘可能还是有希望的。前段时间,新任院长、副院长都在忙申报国家级课题,本科教学评估也箭在弦上,她的事,大概还没来得及研究。别灰心。

小杨默然片刻,真心诚意回了四个字:"谢谢主任。"

红砖楼的邻居们，都开始贴春联了。光线暗暗的楼道里，有了红彤彤的节庆味。

小杨把老教授遗孀写的字条拿出来，捋得平展了，贴在自家单身寝室的门上：

走亲戚去了

她把头偏过来、偏过去地看，赏玩不已。问吴爷："咋样呢？"

"不咋样。这有啥好的呢？"吴爷一脸茫然。

"好在就像左手写的字，歪歪扭扭，但不别扭，自在。我头一眼就喜欢了，越看越耐看。"

她抱着青花罐子下了楼，吴爷跟在后边，提着一只鼓囊囊的编织袋。

夜沉了，吴爷又往火炉里压了几块木疙瘩。热气流在大屋中飘着，墙上贴的纸片、小杨的刘海，都被气流掀起，好看地波动了起来。

小杨在沙发上铺了床单、被子，还有自己的小枕头。吴爷说："你冷了叫我。"

"我不会叫冷的。"

后半夜，可能三四点，烧尽的木疙瘩成了一炉子冷灰。小杨呻吟了一声，又呻吟了一声。吴爷光脚跑出来，蹲下，不停地问："咋个了？咋个了嘛？"

"冷。"

他把双手伸出去，贴着沙发，把她横身铲了起来，放进卧室大床的被窝里。

"不要欺负我。"小杨咕哝了一句，困得睁不开眼睛。

吴爷翻了个身子，朝向农舍的窗户。风刮过庄稼田，老桂树在黑暗中晃动。屋檐下的蜘蛛网，蓬蓬地响。

小杨从背后抱住他，两个人很快又睡熟了。

第四十四章　笑罗汉

一

小杨预订了腊月二十七的火车票,回老家过春节。

腊月二十四,她给省报的编辑画了贺年卡,两枝水仙,一只蜜蜂,一行祝福,盖了鲜红的印章:小木易。再撕下阅读教材的封面封底，把它夹好了，嘱吴爷去寄。

腊月二十五，她搭38路公交车进城。给父母、姐姐们、姐夫们、外甥女们，挑选不同的礼物，弄得她晕头转向。不过，心情是好的。买礼物，倘买一堆大路货，谁这么对自己，她就觉得不是礼，是无礼。

大姐有两个女儿，二姐有一个女儿，肚里怀了一个，很有可能还是女儿。当外婆的有点不甘心，小杨劝慰她："儿子是金，女儿是金花。想开些，都好。"

还给吴爷买了一瓶他父亲老家的杏花村酒，还有一包老坛泡酸菜。吴爷说，今晚要给她做泡菜鱼，这是他母亲唯一传下来的厨艺。

回了农舍，想起傻瓜相机还在单身寝室，她今晚有用的。就踏过庄稼茬子，去了红砖楼。腕上的钥匙串甩动着，小铃铛声十分清冽。

隔壁邻居的门没关严实，投出一寸宽的灯光，和一个熟悉的说话声。

小杨的心，一下子揪紧了！王桐回来了？

她稳了稳。踮着脚,走到门边,侧耳听了听,把门轻轻推开了。邻居小两口正在看凤凰卫视。王桐,是比王桐更大的特写,正从屏幕上看着她。

王桐面前伸了好几个话筒,在接受现场采访,不停地说话。

但小杨一个字也没听清,只感觉有风在她耳蜗里吹。费了好大的劲,才看清几个滚动的中文繁体字:

版權、《笑罗汉》、好莱坞、Ang Lin ……

这些字小杨迅速忽略了,她一动不动要看的,是王桐。王桐一点也没变,却又感觉变化十分大,长辫子成了精心烫过的直发,搭配黑丝绒的半高领旗袍(以前她从不穿黑色),闪烁着黑金属冷彻的光。她的颧骨好高(以前从未注意到),眼睛依然很锐利,说话毫不踌躇(虽然听不清),两眼不看话筒、不看镜头,只直直地对视着小杨。

四目相对,眼里包含的,是彼此会认得出来的两汪水。

终于,听清了两三句:

"请问,为什么书名叫作《笑罗汉》?"

"内容、书名改动过几次,就成这个样子了。"

"那么,能概括一下'笑罗汉'三字的含义吗?"

王桐没有回答,但是,她笑了一笑。这一笑,美艳得动人心魄,连屏幕都铮亮了十倍。

小杨不觉伸出了手,好想摸一摸王桐的脸。

二

吴爷围着小杨的红围裙,在灶房里忙碌。小杨盘腿在沙发上,打开了联想笔记本。

从前放火炉的地方,换成了两张从教室淘汰的旧课桌,两把旧椅子。墙上牵了两根绳,夹着待价而沽的小画,山水、花鸟、明星头像……但凡可能会有人买的,她都画。窗外的田还荒着,开春了要一亩种菜、二亩种花,花价比菜价贵,就让吴爷挑到南大门去卖吧。吴爷没答应,也没反对,到时候再说。

好吧,那就再说吧。这听起来洒脱、爽快,其实很是不干不脆的。王桐的风格，是决不会如此。

搜索上一输"王桐笑罗汉"，小杨心口怦一跳：跳出来密密麻麻的信息。

王桐昨天在台北领取时报文学特别奖，颁给她的自传体小说《笑罗汉》。比这个奖更引人注目的，是好莱坞华裔导演Ang Lin已买下了它的改编权。Ang Lin两度获得奥斯卡奖，备受追捧，他一出手，就成了跨洲际的新闻。王桐也猝不及防，成了强光映射的人物。然而，她一点猝不及防的感觉也没有。

台媒记者问她："Ang Lin付了你多少钱？"

"不多不少，正合适。Ang Lin做事总是很得体。"

"既然是自传体小说，那么真实和虚构的比例大致是……"

"全是真实的。因为，我的写作是诚恳的，没一点弄虚作假在里边。"

"王小姐好像跑题了。不过，让我们重新问个问题吧，完成《笑罗汉》，用了多长时间呢？"

"我整个的青春期。"

"很好奇，王小姐这么年轻，怎么会把人性写得如此之复杂？"

"也不算奇怪。梁朝伟二十岁已经两眼沧桑了，刘德华马上五十岁了还像个小伙子。"

"哦……谢谢。下一个问题，处女作能取得这样的成就，有感恩的人吗？"

"抱歉，纠正一下，这不是我的处女作。我写过很多幼稚的习作，不计其数，都被废弃了。感恩的人，有的，老师杨琼枝先生，她教给了我写作的真谛。"

"可以分享一个难忘的教诲吗？"

"杨先生教导我，写好一棵树最好的方式，是写出树的伤口。"

……

小杨把电脑合了起来。

吴爷的泡菜鱼做好了，用两块洗碗布捂住锅耳朵，一路端了上来。热腾腾、浓烈扑鼻的泡菜香、蒜香，在农舍里沉瀣着，竟让小杨情不能已。她说我要去下洗手间。

洗手间是她花了三天才清理干净的，还把墙壁刷得雪白，钉了镜子，贴了秘不出售的生肖猪。她拧开亮晶晶的水龙头，用双手捧了冷水，浇着自己烧红的脸。

镜子里的小杨，脸上湿漉漉的，如果流了泪，她自己也是没法分辨出来的。农舍外，迫近年关的静，笼罩着罗汉坡。宇宙洪荒的寂寂之声，封锁了路断人稀的校园。盘陀道上，保安的手电筒一晃一晃，传来仿佛远古的芥豆之光。在卫生间这个四壁无窗的旮旯里，小杨偶尔会有踩在地球轴心的虚幻感，恐惧，却又格外地安全。没有比这更密闭的所在了吧？镜子却像开了一扇窗，她看到自己，越过肩膀，还看到了源源涌来的无法预料的日子。

2014年、2018年、2023年，完成，修改，重写，
于成都狮子山，江安河西岸。

狮子山路3号

一个纪念·代跋

上山

"让一只古代瓷盘的碎片复原为瓷盘,靠的是胶水、石膏和想象力。"

这段话,是 2006 年,我在一部历史小说中写下的。

修复瓷盘的过程，也可称之为追忆或记忆。记忆、写作，是名词，也可以是动词。

那时候，我生活在大学校园里，蛰居写作。除了写作，就是上课。上课讲授的内容，也是写作。我的状态，近似一个驻校作家。

校园建于郊区的一片浅丘上，舒缓起伏。我1999年1月入职时，北大门的路牌是：狮子山路3号。

成都平原长大的人，自来对山有一种仰慕。故而，城内有座小土坡，就叫武担山，乃古时候全城的制高点。环城的土坡，则名之为凤凰山、磨盘山、回龙山、狮子山等。

虽是土坡，但有了山的名称，就多了高度、褶皱、显露与隐藏，和几分神秘。

文学院发的牛皮纸信封，右下角印了一行红色小字：东郊沙河堡狮子山路3号。有一种天然、朴素的古意，这也是很让我喜欢的。

坡地的小径，在晨昏的薄雾中起伏，有点像祝家庄的盘陀道，越走越让人有走不出去的感觉。校园东墙内，一条小坡道，两边开了烧菜馆、炒菜馆、面馆、理发铺、小书店,还挤满了卖菜、卖花、卖水果的小贩。坡道到了头,有一扇窄门。走出窄门,是农田、花圃、果园,大片的森林。森林中,劈出了一条峡谷,成昆铁路穿越而过。不时,传出汽笛尖锐的鸣叫。

我初来时,汽笛让我睡不安生。好在,久了也就习惯了,感觉好听,甚至亲近,像一个老朋友,每天准时给你说点知心话。

灰楼

文学院的小灰楼,立在坡道下的岔路口,初看有点老旧的风韵,但头一回走进去,逼窄得心紧,还有股湿布味。后来,我在二楼走廊的尽头,分配到一间休息室,放了一张小床、一张桌子、一把椅子。

跟我隔了几间房,住了一位快九十岁的老者。我见过他几次,每次都是中午,他房门大开,一个人坐在小桌前慢慢吃饭,神情淡然,身后堆满了老旧的书。老者的身份,起初我不能确定,他可能是个读书人,也可能是个清洁工,因为他一直围着一块大围布。偶尔见他在楼道中行走，手上拄了根扫帚。多年后，我见过一张宫崎骏的照片，他也围了块大围布，他让围布显出了一种老牌的酷劲。不过，那位老者，不是漫画家，不是作家，当然更不是清洁工，而是一位退休的老教授。后来我知道，这位老教授受到广泛的尊重，他有个美誉，叫作"活字典"。你说出任何一个字，哪怕是最生僻的字，他都可以如字典一样讲出它的字义。

我那间休息室，我不在的时间多。但即便我不在，它也是很不寂寞的。每回我一推开门，就会看见一群肥老鼠在床上、桌上、椅子上嬉戏，看见我，冷冷打量几眼，才不慌不忙地离去。桌上、床上铺满灰尘，灰尘上印着老鼠的爪痕。

我问隔壁的几个年轻人，咋这么多老鼠啊？他们说，都是老爷爷养的，他信佛。老爷爷就是那位老教授。我听了，嘿嘿一笑。

红砖楼

后来，我搬入了校园南边一座很旧的红砖楼，居室在最顶层、最右边，如果是一张报纸，正好在报眼的位置。楼下就是南墙，墙外是乡野，一墙隔开了两种生活：早晨听见鸟叫，墙内是鸟笼里的鸟，墙外是飞翔的鸟；晚上听见狗叫，墙内是宠物狗，墙外是村狗、流浪狗。

还听见成昆铁路上的火车叫。这条铁路当年施工在四川凉山段极为、极为艰辛。我夜夜听见成昆线上的火车隆隆响，汽笛尖厉地叫，好像又回到了从前做记者，睡在火车卧铺上夜行的时刻。有一夜又做梦，在火车上打腹稿，到了某地采访谁、怎么写，后来使劲摇头要摆脱梦境，却发现自己一直都睁着眼。重现的时光，宛如一首歌，在黑暗中小声小气地唱。

春天的晚上，我跑步回来，看见楼下一株齐人高的小树，长条形的花瓣正在开花。一楼人家的灯光飘在花瓣上，是灰白的，也是娇嫩的，我认出来，这是玉兰花。当晚我在电脑上敲了几个字:"我看见玉兰花就要开了,很高兴。"第二天早晨,从阳台上探头出去,寻找那株含苞待放的玉兰树。可找来找去,哪有什么玉兰呢?我看到的其实是一棵枇杷树。所谓的玉兰,只是枇杷的嫩叶飘上了灯光。我有些失望,也觉得有趣。

红砖楼,没有隔热层,夏天开足了空调,也没有一丝凉意。人在屋中,就像热铁皮屋顶上的猫,容易焦灼、焦躁。但是我没有。我光着上身,穿条短裤,躺着、坐着、站着,阅读、写作、踱步,唯我独尊。

我在苦暑中,写完了长篇小说《刀子和刀子》,中篇小说《一日长于百年》。

夏天过了,雨季来了,那年的雨水特别绵长,从夏末一直落到深秋。楼下距枇杷树不远的地方,有一棵我叫不出名字的老树,没有主干,枝枝丫丫从地上伸展上去,像很多很多的手臂,长满了细细碎碎的叶子。叶子是深色的,年年生长,生长出来就已经是很老的样子了。这棵树秋雨中开了花,是比叶子还要细碎的黄花,开满一树,又落下来,铺满了一地,花香袭人。有一天,一个朋友冒雨来我屋里喝茶，他指着开花的树说，开得多好啊，这棵金桂。

我心里咯噔了一下，我说，你说什么呢，金桂？他说，是金桂啊，你不是写过金桂吗？

朋友走了之后，我从阳台上看着这棵金桂，看了很久。我曾在《午门的暧昧》里写到北京的木樨地，木樨地的金桂、银桂和丹桂。那是晚明的桂花，晚明的芬芳，在我的想象或者说记忆里飘浮。我没有想到，当一棵金桂就在我的身边开放时，居然没能认出来。

我看着楼下的金桂，她在雨中盛开，又被雨水打落一地花蕊。金黄的花蕊铺在湿地上，芬芳、凄艳得让人骇然心惊，这是说不出来的不甘心。

雨水浸过屋顶上的隔水层，顺着墙缝渗入我客厅的墙上，墙上湿意斑驳，像长了青苔的地面陡然站了起来。

儿子自幼习大提琴，获过两届市少儿器乐十佳。有一天，他提出要买一本贝五（《命运交响曲》）的总谱。我带他去音乐学院外的音乐书店买了一本，五十多元，店家附赠一张音乐家的大照片。我们首选马友友，送完了，次选杜普蕾,也送完了,就选了一张小提琴家苏菲·穆特的。她是德意志的天才、女神童,也是国色天香,但这张黑白照上的她,似乎是丈夫去世之后拍摄的,已近中年了,满眼都是倦怠和沧桑。

我把它带回家,贴在那面布满雨痕的墙上,苏菲·穆特,那双忧伤、湿润的眼睛,宛如就是从这雨痕中生长出来的。

我在写作、阅读之外,时常沿铁路一线,作漫长的散步。我把亨利·摩尔的一段话抄写在墙上:

> 我喜欢每天下午的散步,即便是在熟悉的路上,也会有新的发现,因为光线总是不同的。

广场

我的多数时间,都关在屋里过日子。有一回,连着三天,没人给我打电话,我也就三天没说话。去食堂吃饭,也只需要指下菜肴就行了。学校里认识我的人不多,至今,我都感觉自己还是个外来者。

校园外的广场，开过许多小书店。记得有一对小夫妻，开了家狮子山上最大、最雅致的书店，装修花了二十万，楼下卖书，楼上书吧，买书还附送一只设计颇有品位的袋子。我告诉老板，我也想过开书店，不过，风险挺高的。老板，一个文质彬彬的年轻人，淡淡一笑，说，相信咱们的大学生还是喜欢读书的。我见过他太太，也是一位很优雅的老板娘，他俩是非常适合做这一行的。然而，顾客寥寥，不到半年，小两口就把书店转给了别人。先还是卖书，后来，成了茶坊，麻将馆，生意大好。

我来狮子山这些年，亲眼看见一家家书店垮了，一家家苍蝇馆子开了。

苍蝇馆子的饭菜，便宜、可口，人气是旺旺的。老板赚了钱，不想做了，就转给别人。新老板接了手，再一年年开下去。

步子

校园内，充满了活力、生气，和某种紧迫感。植物也在蓬勃、旺盛地生长着，不舍昼夜。人呢，是匆匆的，有些人走得飞快，有些人心急腿慢。概而言之，都在赶路。

我置身人流中，总会被某个不疾不徐、步子均匀的人吸引住。忍不住停下来，看着这个人走过来，再又走远去。

他/她，既不赶着走，也不被撵着走，始终是自己的节奏。他/她的样子，有点像《坡地手记》的主人公小杨，看起来很安详。换个角度看，也可能是懒散，甚或是消极。

消极不是个好词。消极确切的定义，我说不明白，但知道，消极就是积极的反面。

然而，我以为消极是很高级的。

宛如后院里的根根细竹，柔韧，又坚实，和风或是狂风到来时，也都改变不了竹子的闲意。这种闲意，也可称为不动声色的倔强。

谁的心口没有压着心事？海子说："谁的心思也是／半

尺厚的黄土。"但，走得快、走得慢，又有什么分别呢，心事还是心事。还不如缓行。

停顿

西郊有座杜甫草堂。我很小就读杜甫的诗，前些日子，还把《赠卫八处士》抄写下来，钉在墙上。话说离乱之年，他懵懂走进二十年不见的老友家，很多感慨，都化成了一顿晚饭、一桌村酒，和这一首诗。诗中有两句，我很是喜欢：

夜雨剪春韭，
新炊间黄粱。

多么安逸的日常生活。可为什么，必得在人世漂泊的一个小停顿里，才能体会到它的珍贵呢？

川端康成有位年长自己十五岁的朋友，大画家安田靫彦，从小体弱多病，二十五岁还患上了绝症肺结核。这是很让人灰心的。安田靫彦痛下决心：如果病情有所好转，也要持续消极生活。

消极生活的安田靫彦，活到了九十四岁。他出生时，川端康成还没有出生。川端康成过世时，他还活着。他取得的成就，被川端康成推崇备至："温润平和而清幽爽净。"这与川端康成的美学，有深刻的相通。

生命有如珍珠，有的粲然夺目，有的和光同尘，是世事使然，也是心性使然。

不是巧合

我一直喜欢读别人的创作谈。小说家是孤单的手艺人，创作谈展示的差异性正是魅力之所在。倘在差异中读到了相似的甘苦，尤其是挣扎，我会有温暖的冲动，想跟他/她隔空握个手。

但我不喜欢读到这样的表述，譬如：

"这个故事是从朋友那里听来的……""这个故事是在镇上体验生活时收集到的……""本故事绝对虚构，如有雷同,纯属巧合",等等。

我不想说"巧合"。

作为作家和老师,我在大学里度过了多年。多年之后,我在校园里,依旧觉得像一个外来者,保持住了新鲜、好奇的目光,去观察和体会。我也观察自己,像小杨写手记,用第三人称跟自己一日日交流。

因而我可以说,《坡地手记》是观察、想象、虚构的结果,也是从我身体和内心生长出来的产物。小杨老师的认知,即是我的认知。她的疑惑、快乐、不快乐,也与我息息关联。因而也可以说:"全是真实的。"倘有人对号入座,那,就顺其自然吧。

下山

自我上狮子山到今天,时间似乎已过了一百年。

一百年是夸张了,但确已有过了几辈子的感觉。东郊的大厂,很多关了门。厂区铁轨扒掉了。我楼下的森林、谷地,变成了大马路和成片的楼盘。成昆线的老铁轨也扒掉，重新改造了。高铁在半空中运行，把潮水般的旅客，眨眼间发往几百里之外。

校园北大门外的狮子山路，不知何时，已改名劫人路。门牌现在是：劫人路320号。这是为纪念已故的李劫人先生而改的。

劫老的故居菱窠，就在狮子山脚下。他是杰出的小说家，以写晚清背景的《死水微澜》等，享誉后世。

我以为，劫老倘地下有知，可能不赞成改名。他的小说，充满了深刻、厚实的历史感，他会比常人更尊重历史，珍惜记忆。

我，还像当初一样地活着，住在郊区。多数时候，仍把自己囚在书房中写作。我被写作囚住时，更像是自由的个体。我不很合群，珍惜自由、身上的异色。过一些日子，我会进一趟老城区，探望老母、拜访老友。但走在这座我出生的城市里，却像个异乡人。有一回，我去一位老友家做客，在十字街头向擦皮鞋的问路，他操着外县的口音，热情为我比画：抵拢，向左，向右，再向左……我终于还是迷了路。

回到我的小说中，譬如《坡地手记》里的罗汉坡，就自如得多了。这个文字的世界，来自经验和想象，我经历它、创造它，并一点一滴汇聚为一本书。

2011 年 11 月，初成于成都狮子山。

2023 年 10 月，重写于温江江浦。